琥 珀

赵晖 海飞……作品

南方出版传媒
花城出版社
中国·广州

图书在版编目（CIP）数据

琥珀 / 海飞，赵晖著. -- 广州：花城出版社，2020.4

（谍战深海系列）

ISBN 978-7-5360 9035 4

Ⅰ. ①琥… Ⅱ. ①海… ②赵… Ⅲ. ①长篇小说－中国－当代 Ⅳ. ①I247.5

中国版本图书馆CIP数据核字（2019）第206274号

出 版 人：肖延兵
选题策划：程士庆
责任编辑：夏显夫　邹蔚昀
技术编辑：凌春梅
封面设计：汝俊杰

书　　名	琥珀
	HUPO
出版发行	花城出版社
	（广州市环市东路水荫路11号）
经　　销	全国新华书店
印　　刷	广东新华印刷有限公司
	（广东省佛山市南海区盐步河东中心路23号）
开　　本	787毫米×1092毫米　32开
印　　张	6.375　1插页
字　　数	80,000字
版　　次	2020年4月第1版　2020年4月第1次印刷
定　　价	39.80元

如发现印装质量问题，请直接与印刷厂联系调换。
购书热线：020-37604658　37602954
花城出版社网站：http://www.fcph.com.cn

月落乌啼霜满天

江枫渔火对愁眠

——题记

目录
CONTENTS

甲：杭州　　　　003
乙：上海　　　　028
丙：杭州　　　　179
丁：延安　　　　188

创作谈：我们生活在无
尽的回忆中　　　191

琥 珀

甲：杭州

没过多久，泰恒公司三京牌香皂的泡沫芳香就从安娜修长的十指和兰草般的发丛间飘散开来。那是属于成熟和优雅女性的芳香。穿着一袭青色长衫的江枫，站在屋檐下一根廊柱边，在香皂连绵的气息里显然有些怦然心动。他的身子不由自主地摇晃了一下，像是被风吹动似的。于是他无力地望了一下大门外，门外是民国二十七年正月初五风雨飘摇的杭州城。

这应该算是一个晴朗的冬日。江枫家那幢通风良好宽敞明亮的宅子里，安娜在正午时分阳光饱满的天井中弯腰洗头。许多年过去后,安娜和她手上柔滑的三京香皂依旧在江枫悠长的记忆中香味怡人,并且挥之不去。也是从这天开始,江枫热烈而且固执地爱上了这个普通的天井。他还喜欢在回想安娜洗头的身影时,打上一个响亮的喷嚏。

江枫还记得,那天就在安娜身后不远处,氤氲的水雾如越剧舞台上的水袖般,缠绵在京杭运河水波起伏的胸前。而那一片苍茫的雪覆盖在杭州富义仓边上临河的青石板路上,目光活跃的只有一群在雪地上生动跳跃的麻雀。

日军进城后的一个多月里,伴随着头顶渐次加剧的风雪,杭州城的人口像在一夜之间蒸发了三十多万。早在淞沪会战柳川平助挥率第十军登陆杭州湾时,风闻异动的市民就陆续举家迁往萧山、富阳、桐庐、建德以及绍兴、诸暨、宁波等地投亲靠友。到了12月底光景,钱塘江的对岸是只能遥望了。23日下午死气沉沉的黄昏,浙江省政府最后一批工作人员撤往金华二十多个钟头后,国民政府的一纸电令让建成通车才八十九天的钱江大桥自毁在一堆炸药中。浑浊的浪头惊涛拍岸时，大桥的设计者——桥梁专家茅以升却像一棵秋天里落叶缤纷的树，远远望着江面上冲天升腾的硝烟和火光，心中浮沉的唯有灰烬般的悲凉与哀愁。

在江枫的记忆里，安娜后来漂浮在清水中的发丝越洗越干净。安娜仰头梳理湿漉漉的长发时，江枫细碎的眼神已经在她的腰身处停留了很久。四目相撞的那一刻，他像是遇见一段突如其来的梦醒时光，恍惚的眼底随即被一团云雾所缠绕。

春节过年头一次见你，是刚从老家回来吗？走下楼梯的江枫，由远及近的棉袍窸窣声一路持续，直到停留在厅堂中的那个青瓷鱼缸前。他将手中的两根面条一节节折断撒入水面后，几条红背鲤鱼和黑背鲫鱼便在水草间热闹地争抢起来。

安娜没有声响。一直到挤出发丝间的一团柔绵的水珠后，她才沉思片刻说，那件事情，我听苏先生讲，你其实不应该参与。苏先生要我规劝你，以后当心点。

说完,安娜弓腰泼出盆中的洗头水,那片雪地于是在江枫的视线里收缩了一下,转眼多出几根弯曲的发丝。

有些事情是自己寻上门的,我也只是不由自主地当了一回看客。江枫说,你晓得,我和五月就要去美国了,现在只等她舅舅定好轮船的日期。

安娜说的那件事情,是指五天前的除夕夜,灵隐寺外那场隐秘而张扬的刺杀。

事实也正如江枫所说的,那场草台班子一样的行动密谋,同伴们只是看中他手上的那把弹弓。事先就讲好,下手前,由江枫负责射穿庙外的那两盏灯泡。除此之外,同伴们甚至没有向他透露过刺杀目标的名号。哪怕在事发现场,江枫也没能看清对方在夜色下黑帽隐藏的脸。

但刺杀终究没能得手,现场留下的只是三具无足轻重的尸首,裤管下清一色十来厘米的绑腿。

事实上，江枫他们根本就没能下手。

在雪地中埋伏了两个时辰后，等待中的黑色小车才出现在灵隐寺外的午夜灯火中。车门打开，同伴正待抽出腰间的尖刀时，江枫还没来得及抬起弹弓，一排子弹就已经迅速在空中呼啸而过。

鲜血如一树梅花般在雪地中盛开。寺内的僧人撞响迎新大钟时，枪声突然归于一片辽阔的沉寂。江枫就是在这时捡起掉落在积雪中的弹弓，转身仓皇逃离，一路慌张的脚步像是赤脚踩上了一地的炭火。

那天还好你跑得快，枪声一响，宪兵队的车子就启动了。一直忙碌的安娜放下手中的梳子，肩头的夹棉旗袍已有几处被沾湿，生动地黑了一片。

你们想刺杀的治安维持会的何瓒曾经留学日本，杭州市宪兵队队长若松茂平就是他那时的同学。

我方不方便问一句？江枫走上一步，轻声道，是你们的人在现场开的枪吗？不然你没有理由这么清楚。

江枫记得，那一晚他回到住处时，门口的雪地上一溜新鲜的脚印，进入院子后一直伸向安娜的房前。举步上楼时，又听见她房里洗漱的声音。

安娜租下江枫这座宅子一楼的客房，是去年五六月间的事。接下去的时日里，她经常早出晚归，安静淡定的眼波下，她匆忙来回的身影又似乎有着一些秘不可宣。江枫觉得，自己那时几乎已经猜出其中的缘由。

但安娜却直视江枫的眼，抬起嘴角微笑道，你想多了，动刀动枪是你们男人的事。我一个单身弱女子，只在杭州讨生活。之所以跟你这么说，只是觉得活在乱世里安全顶重要。

安娜又举重若轻地说，要不然，不要说美国，你连最近的码头也去不成。这对五月小姐不公平。

我能理解，你不方便说实话。不过你放心好了，江枫说，哪怕去了美国，我和五月也还是中国人。所有的事情只有我一个人知道，包括那个胭脂盒。

江枫抬头时，一朵慵懒的云正从天井的上方走过。那一刻，他突然决定要出去走一走。

你一直不是一个普通的女人，苏先生也这么讲。江枫朝着门外走去时，将话留给了回到房内的安娜。但安娜却探出身子说，你等一下。

走上前的安娜将一沓法币塞进江枫的手里，眼光为难地说，暂时只有这么多，之前六个月的房租，总不能过年还给你欠着。剩下多少，改天我再给补上。

江枫将那沓钞票坚定地推送了回去，说，我再讲一次，这钱留着给小欢吧。我欠你们母女的，是注定这一辈子也还不上了。我心里其实……

别再讲了，安娜用一双柔和的眼制止了江枫，我也再讲一次，那炸弹不是你们家的。安娜说完，扭头快步离开。旗袍上那被水打湿的一小块，跟随她的肩头起伏，像一只黑灰色的蝴蝶。

这天的午后，海半仙茶楼的说书先生苏东疾眼望着雪地中踽踽独行的江枫，从拱宸桥上一路打滑地朝着自己家走来。两人之后隔着桌上的一壶茶，相伴而坐了很久，几乎没有话语，只是目送着阳光在雪地和运河的头顶处走远。

苏东疾是最早知道那场刺杀隐情的，向他提前透露的是江枫的那几个略懂拳脚的同伴。

一场刺杀被另一场刺杀先声夺人。两天前的傍晚，江枫补充完事件的经过后，苏东疾合上手中原本打开的折纸扇，凝神聚气地说，像是一群天兵天将。

在富义仓附近一带，江枫和苏东疾是走得最近的。杭州城还没有炮火的时候，两个男人就像是一对竹板，一见面就要发出撞击的声响。

安娜住进富义仓附近江枫家的出租房后没多久，苏东疾的折纸扇就一戳一戳地指着江枫的胸口说，侬小赤佬一双眼珠子飘忽飘忽的，心里头弯弯曲曲藏着事，侬瞒不了我的。

我一个拱宸桥上的闲人，除了收收房租，在运河里头摸摸螺蛳鱼虾,还能有个屁事?江枫转身背对着苏老头,眼睛望向海半仙茶楼窗外的石拱桥。令他好奇的是,那时的运河两岸租界,之前的日本巡捕已经换成了一帮目光空洞的中国警察。

我讲的就是侬花花肠子里的屁事。一场桃花劫哦,苏东疾说,我还晓得,侬眼乌珠里走进走出的那个女人其实就租在侬房里,但侬勿要忘记,人家可是已经有女儿的哦。

苏老头那天的脸上始终挂着男人间腥味浑浊的笑,这让作为安娜房东的江枫很是窝火。

一转眼,这已经是去年七八月间的一场对话。江枫记得,那段时间里,卢沟桥上的枪声像一场盘旋的热浪传遍了整个杭州城。事变发生的第二天下午,杭州就举行了一场防空演习。警报拉响时,他正在家门口的运河里游泳,双眼露出水面后,顿时感觉四周犹如一片大军压境般的仓皇和凄厉。

安娜牵着女孩的右手再次出现在江枫家院子里

的那一天，正月的脚步已经走远。那是杭州城沦陷后第一个像样的春日，江枫正在天井中晒太阳。光线中拥挤着相互碰撞的尘埃，灰蒙蒙的日脚展现出令人恼火的乏味和冗长。

所幸的是，汪五月已经开始为大海那边的美国打点行装了。

汪五月是江枫的女友，她是教会学校蕙兰中学的英文教师。那里的美国校长葛烈腾曾经说过，汪五月的英语，是整个杭州城讲得最好听的，跟琥珀一样温润。

葛烈腾之所以这么说。是因为那次汪五月生日时，亲眼见到江枫将一只泛着暗哑光芒的琥珀手镯戴在汪五月的手上。江枫属虎，手镯是母亲留给他的，母亲说琥珀的香虽然很淡，却一直都会在。

那天走到身前的安娜，将阳光挡去了一半。瞌睡中醒来的江枫眯着一双细眼望出去，天井中残雪消融的地上有着一长一短两个身影。江枫即刻在藤椅中弹直了身子。

小欢！你回来了？

早上刚从老家余杭过来，之前连续发了几天的高烧。安娜扯了一把身边的孩子说，快叫叔叔。

女孩稍稍移了半步，靠近安娜的手臂后瑟瑟地叫了声：叔叔好。

那一刻，江枫几乎跌倒在茫茫的尘埃中。他捧起耷拉在小欢左手处那一截空荡荡的袖口时，往事便如腥咸的海潮般在他眼中一波又一波疯狂地涌起。

事情发生在去年的9月16日，也正是小欢初次来到江枫家租房住下后的第二天。两架贴着膏药旗的日军双翼飞机出现在运河上空时，江枫的半个身子正陷在运河水里。这个下午，他从河里捞起一大堆的螺蛳，由岸上的小欢负责将它们收进篮子里。

拖着引线的炸弹从飞机的尾翼掉落，小欢被那阵细长的哨笛声所吸引，昂首凝望时，满脸的好奇和诧异。

半空中，炸弹的引线被迎面的风扯出，随后便是两声惊天动地的巨响。江枫再次睁开双眼时，那片刺眼的殷红正像一缕晨雾般在河面上漾开。在江枫无比凄凉的注视下，一只鲜血淋漓的手臂黯然沉入水底。

那天，赤脚的江枫抱着不省人事的小欢，一路上跌跌撞撞的，像一个疯子。迎面狂奔过来的安娜也就是在那时出现在他虚弱如梦幻般的眼里。江枫恍惚记得，那一刻，泪光中的安娜顽强地让自己镇定，急促的喘息声中突然就有了生铁般的冷静：

不要慌，不要慌，赶紧送医院！

记不清是多少天后，小欢才在病床上苏醒。面对趴在床头的安娜，张口说出的第一句话是，妈，我是不是没有死？

病房里，汪五月在江枫的身后扭过头去，她望向窗外，窗外是一片白晃晃的杭州味道的阳光，弥漫着焦煳的气息。

诊所最终没能完全取出小欢身上残留的弹片。会有一些后遗症，医生说，伤痛可能会时而发作。

一旦感冒，会伴发持续的高烧。

枯守在病房中的江枫始终不愿离去。一直到安娜在汪五月跟前委婉地说出自己很想躺一下，他才在角落里怅然若失地起身，拖着灌了铅似的双腿一步步挪向病房外长而空旷的走廊。

小欢开始康复后的一个清晨，安娜叫了部车子，抱着女儿直接回了余杭老家。

第二天中午，安娜就独自一人回到了杭州。面对着肃立在门口的江枫和汪五月，一丝笑容在她脸上徐徐走过，说，都别搁在心上了，谁家又没个三长两短呢？

江枫和汪五月都没有作声。

安娜又说，小欢能活着，已经是我们的万幸。

说完，安娜又匆匆转身离开了这个深秋里的院子。汪五月在她身后声音哽咽地连叫了两声姐，她却像是丝毫没有听见。

再次回到杭州的小欢很快又和江枫热络了起

来。令江枫欣喜的是,小欢那天独自上楼用右手敲开他的房门,牵着他的衣角一直走到楼下天井的鱼缸前,说,我要喂鱼,你抱我起来。

小欢将手里的碎面条扔入鱼缸后,凑到江枫的耳边轻声细语道,安娜叫你不要愧疚,我还有一只手。你看,我现在能给鱼吃面条。

你妈还说了什么?

安娜说最可恨的是日本兵。几个月前,他们在杭州附近登陆后,砍断了一千多名中国人的手臂。

可是如果那天我不带你去运河边,你现在还是好好的。江枫云遮雾罩的双眼,盯着她左手被晨风灌满的袖口。

你错了叔叔,是我自己要跟你去河边的。我妈跟说书的苏爷爷也是这么说的。她说,这笔账要记的话,就该记在日本人的头上。

几天后的一个下午,在海半仙茶楼的二楼,江枫和小欢目睹了说书人苏东疾被一名日军少佐召见到身前的情景。

为彰显城市共荣，宪兵队勒令每一家店铺开门，尽快重新开张。那天，少佐的翻译举了一把眼镜腿说，少佐先生想知道，你平常都说什么段子。

也就那几个大家爱听的，苏东疾说，岳母刺字、于谦护卫京师……

少佐闻言，即刻在空中摇摆起手中的白手套。

……那就是张煌言配合郑成功抗清。

少佐这时将眉头深锁，坚定地摇起了糖葫芦般的脑袋，眼中有了一道寒光。

这些可都是我们杭州人啊，苏东疾说，少佐先生不知道这里的"西湖三杰"吗？

我想听的是山伯君和英台小姐的故事、白小姐和许仙的故事。还有，故事里那个俏皮的女孩，叫什么来着？

少佐因一块弹片而缺失的左眼覆盖在斜披的眼罩中，放大仅剩的右眼，转头望向身边的翻译。翻译还没来得及开口，他又接着说，哦，对了，是小青姑娘,在西湖边打着雨伞的那个。少佐再次举起手套,将它抬高后盖在自己的那顶军帽上。

苏东疾这才知道,原来眼前的这个独眼军官是会说一口蹩脚的中国话的。

那就对不住了,少佐先生,我苏某人不说花前月下,也说不来那些咿咿呀呀没骨头的段子。苏东疾说完,转身将手中的醒木甩在了地上。留下少佐在他背后咬紧牙关挤出一声:八嘎!

望着苏东疾消失在门口的一袭长衫背影,少佐略显颓丧地摇头说,我不喜欢这样的男人,他不适合留在杭州。杭州是我的。

翻译在他身前弓了一下腰。

那天的后来,苏东疾和他的家人在拱宸桥上与蕙兰中学的外文教师汪五月小姐不期而遇。苏东疾提着行李说,汪小姐,麻烦你同江少爷讲一声,既然杭州待不下去,我们只能回上海租界了。

汪五月靠近苏东疾的女儿和女婿,又替两人掖紧了怀里那对双胞胎儿子的被角。我们也快要去美国了,汪五月抬头说,今后有缘再见。

安娜将小欢托付给江枫也就是在此后的第二天。

站在江枫的面前,安娜像一棵春天的桑树。迟疑了许久后,安娜才面露难色地说,很不凑巧,我可能要离开杭州一段时间……所以,我都不晓得怎么向你开口。

小欢仰脸望了一眼欲言又止的安娜,说,还是我来讲吧。我妈觉得带着我外出不方便,所以,她想把我托付给你。也就是十来天的时间,不会给你带来很多的麻烦。不过……

不过什么?江枫靠近身子问。

最好别让陌生人知道我是她女儿。小欢望向安娜说。

江枫曲折的眼神从小欢的额头一路困惑地跑到安娜的脸上。

是这么回事。安娜笑了一下说,这段话,她刚才练习了三次。

那天，为着给安娜送行，江枫自己下了厨。令安娜没有想到的是，桌上的那碗红烧鱼竟然那么合自己的口味，虽然辣味有点足，但小欢也还是吃得满脸兴奋。

如果是夏天，我还有更拿手的爆炒螺蛳。江枫说。

可惜，明年夏天你已经在美国了。小欢抬起遮在饭碗里的半张脸说。

大人说话，小孩子别插嘴。安娜说。

一直到小欢离开饭桌后，江枫才在打开一瓶绍兴产的沈永和善酿后对着安娜说，你要小心。

安娜浅浅地笑，说，你也一样。

酒入杯后，安娜又低声道，如果我推迟回来，会让一个朋友来接小欢，我们叫她叶老师，就是上次你在海半仙茶楼见过的那个女的。

江枫记得，去年的海半仙茶楼里，中途坐到自己身边的叶老师只是饶有兴致地注视着台上说书说得兴起的苏东疾,临走前,她悄无声息地取走了茶桌上的那个胭脂盒。

喝过酒的安娜眼光中有了一点湿润。有些事情,你其实已经明白。安娜说,我这个母亲做得不称职,但眼下也只能这样了。没有国,哪能有家?但愿小欢日后能理解。

诊所医生当初说过的话在第二天上午变成了现实,就在安娜开始收拾行李时,小欢发起高烧,迷迷糊糊地上了床。直到这一天的傍晚,安娜不得不动身时,小欢依旧高烧不退。就在安娜放下小欢的右手,提起包裹走到房门前的那一刻,小欢才在她身后声音微弱地说了声,妈妈,保重。

安娜头也不回地走出了诊所院子。一片树叶随后落在安娜用脚踏过的那片空地上。

若松茂平的宪兵队砍去西湖苏堤上的桃树和柳树,继而又种上一排樱花,已经是一个多月后的事。他一定以为,只要在湖边种上了樱花,这个西湖就是日本的了。按照他得意扬扬的计划，他要把樱花种遍整个中国，把中国变成一个巨大的日本风情的植物园。那时，安娜没有回来。维持会的何瓒人模狗样地荣升杭州市市长的那天，安娜依旧没有音讯。没有安娜的日子，好多时候江枫就在天井里像一棵朝天葱一样发愣，他觉得安娜像是水蒸气一样蒸发了。

而汪五月舅舅托人订下船票的那艘远洋航轮，已经离上海越来越近了。

汪五月辞去蕙兰中学教师职务的那天，校长葛烈腾将她送到了学校门口，他说上帝跟我们开了个玩笑，许多年前我来了中国，现在你又要去美国。汪五月笑得有点勉强，她还不知道，江枫到底什么时候才能跟她一起走？

那天夜里，月色清凉。汪五月站在拱宸桥上，听见河水在脚下离开的声音。她说什么时候走？你知道船是不等人的。

再等等吧，江枫说，安娜或许这几天就能回

来。

你都说了很多次或许。汪五月靠着石桥的栏杆，感觉夜色跟手里的琥珀手镯那样安静，她说我们可以先把小欢送回余杭老家。此时江枫叹了一口气，他告诉汪五月，小欢老家已经没有亲人，日本人占领的时候，那里的大火烧了三天三夜。

汪五月便很长时间没有再说什么，一直到夜深了，她才替江枫扣起一枚扣子说，我们回去吧。

江枫说，起风了。

我们还是回去吧。

江枫想了想，说，我讲起风了。

风从河面上吹过，经过汪五月的肩头，也扬起她的头发。汪五月打了一个寒战，似乎觉得戴在手里的琥珀也在变凉。她笑了一下说，那么我先回了。

江枫很想再说一句什么，可是想了半天也没想起来。他只是看见汪五月走过桥头，融进了那一晚清冷的夜色。

汪五月是在第二天离开的杭州。她没有跟江枫告别,一个人上了火车。

没有了汪五月和安娜的富义仓附近一带,更显空荡,连雨水也跟着多了起来。甚至那座被雨淋湿的拱宸桥,也仿佛要潮湿得发芽膨胀起来。

你说安娜怎么还不回来?小欢说。

她说过要回来的,江枫说,她总不至于把你给扔下。

可是今天已经是第九十八天了。她这样不是等于不要我了吗?

我们再等等。江枫说,你以后要慢慢懂得,在我们的人生中,等是很要紧的一件事。

小欢认真地领会着这句很深奥的话,最后她还是固执地摇了摇头说,反正等人一点也不快乐。

安娜走后,小欢每天从院子里捡一粒螺蛳壳堆集在一楼房门外的角落里。

攒下二十七粒螺蛳壳的那天,小欢觉得,再过两天，安娜该回来了吧。

第四十一天的时候，江枫和小欢站在拱宸桥上朝北望，两艘机船在浓雾中驶出。小欢说，怎么连五月小姐也不回来？

第七十九天，绵绵阴雨后的一个初晴的日脚，两人在拱宸桥的桥堍上席地而坐，一股湿气顺着江枫的裤腿爬升。小欢拢起左臂，伸出右手捡起一块瓦片，低头在桥面的青石板上涂画。江枫，我同你说，这是你的两只大手，这是我的一只小手。你每天牵着我的手，从河的这头走到河的那头。

江枫转头，小欢又说，我再画上安娜的两只手，这只手的手背上有两颗痣。五月小姐的手，你来补上好不好？

我好像记不得五月小姐的手了。江枫说。

我们的三只手在等她们的四只手，不知要等到什么时候。小欢认真地仰起脸时，泥土被瓦片刮开后的腥气朝着江枫的鼻头涌来。

江枫在这一天突然决定去上海，是因为想起了叶老师。

他记得之前在海半仙茶楼里，自己依照安娜的嘱托，将那个景泰蓝胭脂盒摆在了茶桌上。差不多是在将要续水的时候，落座的一位女子似乎在不经意间将一张报纸摊在了桌面上，正好盖住了胭脂盒。几分钟后，她和江枫有过一次眼神的接触，随即落落大方地起身，带上胭脂盒离去，留下的只是桌上的那张报纸。

江枫记得，那是英文版的《字林西报》，只在上海发行。

我们去上海吧。江枫这样说。

去上海？是因为五月小姐在上海吗？小欢问道。

再这么等下去，我们的身上都要长出一堆青苔了。江枫起身，拍去屁股上的尘土，又望向运河的尽头说，我不喜欢长青苔，所以还是去上海吧。

你最好刮一下胡子，小欢眨着眼睛说，别让五月小姐看见你的下巴长满了青苔。

很久以后，江枫才晓得，离开杭州前的那晚，小欢一定要独自睡在自己的房里，是因为要给安娜留下一封信。

乙：上海

上海是很容易让人走丢的。在江枫和小欢的记忆里，这座城市的天空乍一出现，就被头顶拥挤的房屋和凌乱的电线一块块切割，行走的人流和汽车像是埋头穿梭在河面上，空气中奔跑着比杭州城更为密集的尘埃。

那天下午，有轨电车沿着中华路和民国路叮当作响地转了一圈，小欢突然对着江枫叫起来，不对啊，我们好像又回到了原地。

听清原委的司机白了一眼江枫说，侬这个人也是弄不灵清的，还不如你孩子灵光，方向侬晓得伐？

后来，江枫牵着小欢的手追上了一辆往西去的无轨电车。

小欢一直趴在窗口，贴着玻璃看街上过往的人群。她对江枫说，这回你能确定找到五月小姐了吗？

江枫抬手，很平静地摸了一把小欢的头，一字一句地说，我是带你来找安娜的。

小欢在座位上安静地靠近江枫，车厢里滚动起一缕经久不散的尘埃。

一直到将近黄昏的时候，他们才找到通往同福里的路牌。街道旁石库门的头顶升起一阵煤炉的烟气时，小欢抬头问江枫，你饿吗？是有点，江枫说，不过苏爷爷的家就在前面。苏爷爷家有一对双胞胎，他们在杭州出生时，粉嫩的小手抓成拳头，像两个新鲜的花菇。

那就是有四个花菇。小欢掩住嘴巴一阵欢笑。

后来，他们又开始猜想，苏爷爷晚上会烧什么菜来招待他们。

我猜应该也有红烧鲫鱼吧。小欢咂巴了一下嘴说。

在同福里一扇挂着黑布的木门前,江枫迟疑着敲了很久。一个走过的邻居向他盘问,是找老苏吗?江枫在屋檐下点头。邻居说,人在里面呢,乌云可能在外边。

在江枫的记忆中,苏东疾家是没有人叫乌云的。

像是一床扔在藤椅上很久的棉被,那天傍晚,苏东疾望着门口缓缓靠近的江枫,瑟瑟抖动着坐直了身子。一股霉味从角落里升腾起来时,小欢捏紧了鼻头。苏东疾咳嗽了两声,往前细探的眼光在颤抖间红肿了起来。

苏老头疲倦的发丛像是在一夜之间变得花白,皱褶的额头犹如一片黄昏中的梯田。一场虚弱从脚底升起,顷刻间覆盖了江枫灰蒙蒙的双眼。他顿时觉得,时光像是在恍惚间走过了一排排的山水与沟壑，本来中气十足的苏东疾，已经变成了一片摇摇欲坠的泡桐树叶。

事情就发生在苏东疾回上海后不久，他的家人在南市区接受设卡的宪兵队例行检查。一个日本兵先是用刺刀挑起了苏曼青旗袍的下摆，随后上前搜查的一双手又煞有介事地在她腰间和胸前游走。不堪忍受的苏曼青终于腾出抱着孩子的一只手，直接抡过去一个响亮的巴掌。见此，抱着另外一个孩子的丈夫急忙过来挡在她身前。恼羞成怒的日本兵抬起枪口，一声枪响，浩劫便缓缓拉开了大幕。

苏曼青是最后一个死去的，几声枪响过后，倒在血泊中的丈夫和孩子在她眼里僵直身子，停止了呼吸。他们像是随便摆放在地上的破败的玩具，显得毫无生机，空洞而乏力。

乌云就是在这段静寂的辰光里悄无声息地从门板间露出头来，这只不再壮实的牧羊犬，如今成了苏东疾唯一的亲人。此前，它孤单憔悴的身影出现在胶州路谢晋元孤军营的围墙外，是苏曼青省下一口饭，毫不犹豫地收养了它。

那天躺下的时候，江枫在床上一次次地翻身。漆黑的夜色中，苏东疾有气无力地告诉他，自己的确在上海见过安娜，就在苏州河南岸。两人只是匆匆的一瞥，没能说上话。

第二天，江枫推着苏东疾去了一趟澡堂，换上一套整洁的衣裳后，苏东疾的眼光才渐渐清晰和有力起来。门前的过道上，江枫陪他枯坐在狭长的天空下。日头从东边升起，又在西边落下。几天下来，苏东疾一张苍白的瘦脸开始有了血色。

苏东疾开始忙碌着为江枫腾出楼上的一间房时，日历已经掀过了好几页。小欢在那一天的清晨挪步走到江枫的身前，乌云就跟在她的身后。小欢说，江枫，你忘了我们是来上海找安娜的吗？今天已经第十二天了。把我交还给安娜，你就可以回杭州了。

安娜像是始终深藏在上海的角落里，江枫甚至怀疑安娜已经生根发芽。虽然有许多次，江枫和小欢都觉得前面的那个背影就是安娜，可当他们赶上前去时，不管是阴天还是晴天，对方都是一双冷漠的眼。

咱们还能记得安娜长什么样吗？江枫有一天问小欢。

一辆电车开过后，小欢对着坐在地上的江枫说了半天，江枫先是点头，后来又摇头。

那你来说说安娜长什么样。小欢也在地上坐了下来。

江枫于是觉得，这事情的确是有点困难，虽然他每天夜里一旦闭上眼，院子里弯腰洗头的安娜就会像浅水中的一片玻璃般即刻清晰起来。

那就这样吧，小欢说，我们回家把安娜画下来，看谁画得像。

那天，苏东疾盯着江枫看了许久，最后说，还是你画得像。

小欢画的是安娜的一张脸，江枫的这张，是安娜转过身来的一个侧影。

这张的身段和面容，的确就是安娜，她就是这么一身素色的旗袍。苏东疾说。

三人后来商量出的结果，是将安娜的画像贴在小欢的后背上，写几个字：寻找母亲。但苏东疾最后决定，可以用的，还得是安娜的那张脸。

当晚，江枫用两根针穿过了安娜的头像，将它别在了小欢脱下的那件秋装上。他大致考虑了此后的行走路线，像上海南站、海潮寺、先施公司，还有城隍庙和南市难民所，这些都是人群密集的去处。

第二天的效果是令小欢兴奋的。许多行人将她拦下，围着安娜的头像仔细辨认。小欢安静地站在人群中，像一只误闯入鸡群的小鹤。

江枫也就是在这时想起了久违的叶老师，他甚至觉得，叶老师就在离他不远的人群中。之后，汪五月的身影突然在江枫的眼里晃荡起来。想起那天独自留在夜风中的拱宸桥上，江枫贴着长衫的胸口顿时有了被一团棉絮堵住般的茫然。

事实上，叶飘萍老师曾经在一个黑云翻滚的下午从上海出发，到达杭州后又一路疯狂地奔向拱宸桥。安娜给过她院门的钥匙。但她最终看到的是空无一人的一幢小楼，能带走的只是小欢留下的那封信，开头两个字便是一笔一画的"妈妈"。

这一年的秋风一阵紧过一阵，秋风一再靠近安娜的头像，似乎要将安娜从小欢的后背上带走。江枫于是不得不一次次让小欢停下，将针尖扎在宣纸的另外一端。

那天，回到家里的小欢努力抚平宣纸上安娜的那张脸，但那时画像上的安娜已经面目全非，满脸痛楚。

小欢不停地哽咽着说妈妈不疼、妈妈不疼时，眼里已经有了一些泪光。江枫走上前去按住她的肩头，小欢号啕的哭声也就是在这时撕裂了开来。决堤的眼泪疾风骤雨般扑向宣纸上安娜的额头和长发。安娜的脸瞬间散开，成了水墨画里的一团云雾。

转过身去的江枫顿时泪流满面。他那时想,再次见到安娜的那一天,眼前此刻小欢无比疼痛的这一幕,他是必定要同她说起的。

苏东疾上楼的时候,乌云正趴在小欢的脚下,满眼忧伤。

苏东疾后来说,江枫你比我还糊涂,为什么不把安娜画在一块阴丹士林布上?

安娜的头像在第二天的阳光下稳稳地趴在小欢的后背上,看上去安娜的表情中充满阴丹士林布气息的淡淡忧伤。小欢后来一路欢跑,甚至敢于摇摆起身子,安娜的头像也就跟着小欢辛苦地摇摆起来。

小欢转过脑袋后说,妈,我们一起去北京路。妈,我们去星加坡路。

这一年的冬天,雪比往年提前到达。元旦那天,已经下到了第三场。红着鼻子的江枫在这一天的清晨撕下第一页日历的时候,安娜的脸在他眼前一闪而过。站立在窗前的小欢,用仅剩的一只手,咬紧牙关努力挤干一条毛巾,两片雪花就在这时钻进她的眼里,凉透了她的整个目光。

江枫写给汪五月的日记,也就是从这一天开始的。

1月1日 上午

汪,今天是新年的第一天,我还没睁开眼睛就在半醒的梦中想你。起床后,脑子里突然有很多话想同你说。那就写写日记吧,反正有那么多难挨的时光。

可恨的是,我一旦提笔,那些话就被窗外的风雪吹走了。

我打开窗户,阴沉的天空像是比我有着更多忧郁的心事。小欢那时还没睡醒,我将她的手臂重新塞进被窝里。昨晚,我给她买了一条新毛巾,就当是新年送给她的礼物。

生活每况愈下，街上的雪地里，到处挤满了难民。现在，买一条毛巾的钱，已经差不多可以在两年前的杭州买一件毛衣了。

我从杭州带来的钱包不知在哪天被我遗落在街头，也或许是被哪个扒手给偷走的。这事，我没敢跟苏先生和小欢提起。我只愿能早日找到安娜，如果，如果她还在上海。

恭喜新年，愿你在我不知的某一处快乐！

1月2日　夜

告诉你，汪，小欢很喜欢我昨天送给她的礼物。让我惊奇的是，她竟也给我准备了新年礼物，是一颗炒花生。我记得这是弄堂里的阿姨上个礼拜送给小欢的。阿姨给了她两颗，原来这孩子一直没舍得吃，藏在右手的口袋里都捏出油了，花生壳一片光滑。在小欢的呵护下，两颗花生也走进了一个新年。

两颗炒花生，我和小欢一人一颗。这是我们庆

琥珀

贺新年的方式。当我们吃完的时候，外面又是一场雪。我眼望着雪花想，你会在哪里？

昨天让小欢练习书写的四个字，新年快乐，她现在已经写得工整老到了。这是我生活中的一点喜悦。

1月28日　夜

原谅我，日记写了两天就中断了。正如你说的，汪，我以往不是这样消极的。

对安娜的寻找还在继续。昨天，上海的雪停了。到了今天中午，外头有了一些零碎的阳光。小欢说，我们出去吧。我于是牵着她的手一直走到了苏州河。

我到今天才晓得，苏州河原来就是一条从苏州流过来的河。苏州河的那些水一路走来，遇见了上海的早晨，抬头看到了外白渡桥的中午，最后走进了黄浦江浑浊的黄昏。

今天是"一·二八"纪念日，我给小欢讲了那年十九路军的故事,还有两年前谢团长和他的八百壮士的故事。那时,四行仓库就在我们的北面。

宪兵手中的枪刺反射着雪地里的冷光,我带着小欢踩着还没有融化的雪折返。

回来的路上,小欢问我日本兵要什么时候才会离开。我告诉她,要等到我们胜利的时候。等到我们胜利的时候,我记得这是安娜临走前那天说过的一句话。但是,汪,你说我们离胜利还有多久?

苏东疾说总有那么一天的,他说他这辈子要做的,就是替苏曼青还有他的两个外孙活着,一直活到胡子长到肚脐眼。他还说等鬼子败退的时候,他要去黄浦江边放一天的鞭炮,一分钟也不能停的。

这个苏老头,他也不想想,这年头,去哪里才能买得到鞭炮?

苏先生和小欢都瘦了一圈,如今我们难以买到足够的大米。饥荒伴随着我们的愁容如云。

4月15日　晚饭后

今天发生了一件有意思的事情。我竟然在公共租界里碰到了两个老乡，这的确让我惊喜。

事情发生在快要中午的时候，小欢那时跑在我的前面。两个男人拦住了她，是因为要看安娜的头像。他们说话的声音很响，让我在不远处觉得像是在吵架。我再走过去，听到的竟是我多年未曾耳闻的家乡话，难怪他们那么大的嗓门。我赶紧迎了上去，用家乡话问道，你们两人也是江山人？他们就怔住了，说，你也是江山人？然后，我们三人就笑开了，因为这问题很傻，说我们家乡话的哪能不是江山人？

汪，你应该还能记得，我是九岁那年才和母亲一起从浙西搬来杭州的。富义仓边上的那座大宅，是外公留下的。后来，母亲也走了。

小欢见我难得笑得那么开心，她也是在那时才知道我不是地道的杭州人。她对着我们三人满脸迷惑地说，你们江山话我一句也听不懂。

我的两位老乡是一对兄弟，他们很好客，一定要请我和小欢一道吃中饭。我们去了一家咖啡馆，小欢头一次吃到了牛排，这已经是我不敢想象的奢侈。

　　其间，老乡问起了安娜的事，我只能告诉他们我是带着小欢从杭州过来找她的母亲，因为听说安娜是在上海。小欢放下嘴里的牛排说，你们见过安娜吗？两位老乡一起摇头。

　　我和其中一位老乡一起上洗手间的时候，无意中看到他撩起的衣角内，腰间突露出一块黑色锃亮的铁，我想那是一把枪。老乡盯着我的眼说，现在的上海，找一个人比在黄浦江里找一滴水还难。我想你懂的。

　　老乡后来要了我和小欢的地址，说改天一定过来苏先生家坐坐。我们就这样分手了。

5月24日　夜

　　我们把之前走过的上海又几乎重走了一遍。到了今天晚上，我在小欢上床后才发现，这孩子右脚的鞋跟已经磨出了一个很大的缺口，鞋帮和剩余的鞋掌上甚至还有一些紫黑的血迹。而她左脚的那只鞋，却基本还是完好的。我赶紧从床上拉起她的右脚，看到的是她已经磨去一层皮肉的脚跟。那里有一个圆形的伤口，周围结着厚厚的血痂，中间那块还在冒出新鲜的血。怪不得，她这几天走路的时候老是用左脚一跳一跳的。她还告诉我是学着那些街头的女孩，玩一种叫跳房子的游戏。

小欢被我吵醒了，她睁着惺忪的睡眼，跟我说，没事，习惯了就不疼了，你不用给我买新鞋……

我终于想明白，小欢因为少了左手的手臂，她走路时的重心多少会朝着右边倾斜，由此，她的右脚就会更加磨鞋。

小欢再次入睡的时候，我终于没能忍住眼里酸楚的泪水。

5月25日　下午

今天，我们哪儿也没去。我不能再让小欢穿着那只鞋到处奔波了。我让她一直待在床上，然后，我和苏先生到弄堂口的垃圾堆里翻出一块陈旧的橡胶皮。我给小欢的鞋跟粘上了一层新的鞋掌。

苏先生一直帮着我，但他的剪刀却太钝，敌不过橡胶皮的又厚又硬。由此，我没能把那块新的鞋掌沿着鞋跟给修剪浑圆，橡胶皮在鞋底上露出了一圈。所以，小欢穿上鞋子后，她的脚底倒像是踩着一片厚实的树叶。

小欢说不碍事。她穿着修补好的旧鞋，在屋子里不停地转圈，又不住地夸奖我的手艺。她说，苏爷爷，你有没有发现，我又长高了？

苏东疾坐在那张藤椅上一阵叹气。他后来说起，如果苏曼青还在，自己的两个外孙应该也能在地上乱跑了。说完，苏先生撩起长衫，牵着乌云几个大步跨到了门外，嘴里道：老夫聊发少年狂，左牵黄，右擎苍……亲射虎，看孙郎。那时，乌云的那一双狗眼跟随苏先生一起望向灰蒙蒙的天空。

那一刻,我似乎又看到了杭州富义仓边上海半仙茶楼的说书先生苏东疾。只是,他手里的那块醒木已经被他扔在了杭州宪兵队独眼少佐的身前。

…………

坦克和毛四兄弟俩出现在苏东疾家门口的那天,时间已经到了十月的中旬。用苏东疾那天的话来说,日头还是那个日头,上海也还是日本人的上海。

门上的铜环叩响时,坐在一楼客堂间的苏东疾兴奋地去开门,看到的却是两个陌生的男人。之前,江枫和小欢曾去《大美晚报》登过一则寻人启事:杭州拱宸桥畔海半仙茶楼苏先生替来沪的独臂女孩寻找母亲。启事上用的就是他家的这个地址。几天里,这是头一次有人找上门来。

倒上水后,还没容对方开口寒暄,苏东疾就对着坦克目光尖锐地说,这年头,像你这样给自己取名的,老朽猜测,该是一条汉子。我听江枫说起过,你是腰间带枪的,那枪口该是对着日本人的吧?

坦克望了一眼苏东疾身边的江枫,随即起身作揖道,先生直言快语,实不相瞒,我们兄弟就是来上海锄奸的,之前在杭州也动过手。

只是,那一次失败了。坦克说,但我们还在继续。

毛四四下打量着眼前的宅子,又盯着小欢左手的袖口沉思了良久。

那天,兄弟俩在门口给江枫留下了一辆黄包车。可以去街上拉点生意,赚点营生。坦克说,等我们要用车的时候再过来找你。

毛四又掏出一把钞票塞进江枫的手里,这钱是给小欢的,给她买双鞋吧。

一直走到同福里弄堂口的那盏路灯下,兄弟俩才让江枫停住送行的脚步。我听说你们灵隐寺的大佛很灵验,坦克拍着江枫的肩说,诚实人,天不欺,说不定再过几天,佛祖就帮你找到小欢的母亲了。

江枫点头称谢。但事实上,他那时已经有了安娜的消息,只不过,这事他和苏东疾一直瞒着小欢。

寻母启事登出的第三天,江枫在同福里附近的菜场俯身捡菜叶时,一张折纸从他肩头飘落。江枫回头,踩着平底鞋缓步走远的似乎是一个熟悉的身影。摊开纸页,呈现在眼前的是一封信:妈妈,你一直不回来,五月小姐生气出走了。我和叔叔现在去上海寻她。你等我们回来……

菜场外的一个角落里,江枫和叶老师的相见只是匆匆几分钟的时间。

你们不用寻安娜了,叶老师咬着嘴唇神情阴郁地说,她被捕了,我们正在设法营救。

她现在人在哪里?

出事的第二天,我就去杭州寻过你们,看到的只是小欢的这封信。叶老师仰起脸,不让眼角的一颗泪滑下。又说,其实这么长时间,我也一直在上海寻你们。还好,昨天在报上看到了那则寻母启事。

她现在人在哪里?

宪兵队把她转移到了汪伪汉奸政府的特工总部,沪西极司菲尔路76号,那是一个魔窟。叶老师说,有些事情,安娜说她不愿意告诉你真相。现在只能拜托你继续带着小欢。你们唯一能做的就是等。

唯一能做的就是等。此后的一段时间里,奔跑在租界里的黄包车夫江枫时常会想起叶老师的这句话。天气放晴时,他和小欢就必定出现在街头。

顾客上前时,如果只有一人,江枫会向其征询意见,问其是否同意让小欢坐在身边。顾客要是不愿,或是同时有两个人,江枫会让小欢在原地等。但小欢一般会坚持跟在黄包车后一路小跑着追赶。小欢抬起脚上的那双新鞋,说,没事,我能赶上。

事实上,小欢后来跟江枫说,要是碰到难走的路,我可以在后面帮你推一把的。我身上有的是力气。小欢捏着右手的拳头说。

一辆黄包车，江枫在前面跑，小欢在后面赶。顾客下车付钱时，小欢的身影也已经差不多出现在江枫的视线里。

生意清淡的时候，两人坐在街边数一辆辆经过的汽车。江枫数大的，像日本人的卡车、冒着浓烟的公共汽车。小欢则数那些趴在地上奔跑的小汽车。后来，他们又细数身前经过的人群。江枫数男人，小欢数女人。江枫是要偷懒的，但小欢却很仔细，最多的一次，她一直数到了八百。眼睛好酸，小欢说。

这样数着数着，小欢有时就睡着了。江枫将她抱起来，放在黄包车的座椅上。上海的风从四面八方向他们奔过来，风吹乱江枫的头发时，江枫觉得熟睡的小欢就是他最亲的女儿。

后来，他又让小欢去寻找街道招牌上那些不认识的汉字。令江枫惊喜的是，小欢有一天竟然能念出一个非常复杂难认的路牌名。那条路是叫虞洽卿路。

按照坦克的吩咐,江枫在一天晚上接上了他们兄弟俩。身后的车厢里,他再次听见两人提起了极司菲尔路的76号和55号。之前,就在上次的那家咖啡馆门口,毛四抬腿上车时,夜风正好吹起他短衫的后摆,坦克伸手,将他显露出的枪柄盖住。

两人是在一座名叫秋风渡的石库门住宅下的车,江枫一直蹲身在弄堂里等候。楼上的那间房,自坦克和毛四的身影进入后,窗帘就一直紧拉着。毛四在中途偶尔有几次从门内走出,来到江枫的身边,点上一支烟后,警觉地左右走动,查探四周。回屋前,又叮嘱江枫,替我们带只眼,感觉有什么不对的,就朝我们的窗口扔石子。

那天的后来,坦克抱着一个熟睡的女孩和毛四一起上了江枫的车。去郊外,找一个安静地方。坦克说。

沿着白利南路一直往西,又沿着苏州河跑了很久,过了陈家渡的对岸,一直到了荒僻的薛家库地段,两人才让江枫停下车来。

苏州河边的一块泥地上,坦克将睡醒的孩子交给江枫,兄弟俩找来几块乱石后堆集在一处,又点了三根香,插在石堆前。

菜花兄弟,真心对不住了。毛四说,我也是一时糊涂,没有办法的办法,等过几年我到了你那边,再向你当面磕头认罪。毛四扑通一声双腿跪倒在地,磕了三个响头后又说,那时候,给你做牛做马,要杀要剐,你说了算。

坦克从江枫的手里牵过孩子,让她站到毛四的身边,说,快给你爹磕三个头。告诉他,叔叔会送你去重庆,今后会有人一直抚养着你。但长大了,咱们还是要一起打日本。

安心走吧,兄弟。坦克蹲下,点燃一堆纸,对着火光神情凝重地说,只要我在,以后每年的今天都给你烧纸。这是我们欠你的。

事情发生在一个月前,也就是坦克给江枫送上黄包车后没几天。

在一家名为凯司令的咖啡馆里,坦克与毛四和刚刚收买的一个包打听见了一面。对方是个女的,一张脸几乎淹没在黑色的穆斯林纱巾里,露出的仅有两只精致的杏仁般的眼。

既然你们没能成功,今后我就不能再帮你了。大厅内一张最不起眼的方桌前,女人侧脸对着雕花的玻璃说,双眼始终落在窗外的人群中。

看在我们死了两个兄弟的分上,你也应该再帮我一次。相信我,最后一次。毛四说。

可是我得在相信你之前,先足够相信上帝还留给我多少次幸运。女人一口流利的中文,只是在发音上略显生硬。

世上有千万种疾病,但健康却只有一种。我还想活着离开上海。女人说。

既然如此,你今天又何必见我们?坦克将身子靠近桌面,懊恼地说。

女人收回目光,短暂地停留在对面男人的脸上。片刻安静后,又说,我是担心你们只有勇敢,却缺少智慧。

一直等到在座椅上起身,女人才神情安详地说,我知道毕忠良的妻子姓刘,叫刘兰芝,是你们浙江西部的衢县人。刘兰芝恋旧,喜欢吃家乡菜,半个月前给家中亲眷写了封信,需要一个懂烧菜的人过来上海。

坦克和毛四静静地听着。整整有三年,他们一直在筹划着谋杀特工总部的特别行动处处长毕忠良。对面的女人曾经为他们提供过一次情报,可惜,坦克他们还是失败了。这次上海的行动,军统的飓风行动队还搭上了两个兄弟的性命。

你们今天不用给钱。这次的情报,算是我送给你们那两个死去的兄弟的,愿他们安息长眠。记住了,我虽然是英国人,却是朝鲜籍。女人说。

走出凯司令的旋转门后,女人很快出现在窗玻璃外的街道上。毛四那时忽然醒悟,她刚才面露微笑的眼神和声音，在旁人看来就是一次无比正常的话别。

毛四是在回去的路上才回想起，女人最后说的一句话是：铁笼里的狮子再温驯，也不要把你的手送到它嘴边。不过他那时想的却是，该怎样才能把那只狮子带到铁笼里。

当晚，毛四就收拾行李奔向浙西老家。十来天后再次出现在上海火车站时，和他一起下车的，是来自衢县乡村的一对父女。

之前的火车上，抱着女儿的刘菜花望着窗外渐行渐远的杭州，说，咱们也几乎就是老乡，实话跟你说，我这堂姐刘兰芝，我都不记得小时候是否见过面。她很早就离开老家了，听说后来嫁给了一个军官。你也看过她写的信了，如今日子过得好嘛，嘴巴就会老觉得清淡。

人也好的呀，毛四说，能有这门亲眷，真是你们刘家的福分。

此时，如果换一个方向，回头沿着浙赣铁路线，从杭州出发一直往西，过了金华便到了刘菜花家所在的衢县。再往前，四十公里后的下一站，就是毛四和江枫的老家——江山县城。在县城下车，往南再走五十公里路，就到了保安乡，军统局局长戴笠就是出生于此。在军统局本部，坦克毛四兄弟和所有的江山老乡一样，私下里都叫戴先生为戴老板。

民国二十六年十二月中旬，杭州城沦陷在即，戴老板对着刚被自己从福建召回的老乡——之后担任军统杭州情报站站长的毛森——说，都说时危见臣节、世乱识忠良，可我们的苏浙抗日别动队里却偏偏出了个毕忠良这样胆大妄为的叛徒。他不是忠良，他是汉奸走狗！

戴老板后来说，这是我戴某人和月笙兄的笑话和耻辱，你们看着办吧……

毛四并没有急着将刘菜花父女送往毕忠良的住处。再等几天，我们好好聊一聊。坦克说。

刘菜花是读过几年书的，也写得一手好字。他是在租界报纸上见到了毕忠良的名字和飓风行动队的那次刺杀新闻。放下报纸后,他冲着坦克和毛四问,你们江山人大多是军统的,这回找上我,是不是要杀我堂姐夫?

没有的事,我们只是想通过你认识你姐夫,跟他做做烟土的生意。坦克说。

刘菜花在那天夜里翻墙逃脱后便一阵狂奔,坦克和毛四一路追赶。到了苏州河边,刘菜花认出了桥面上正在执勤的两个巡捕,便一声叫喊,警官,快救我。

情急之下,毛四向他扣动了扳机。一个倒栽葱,刘菜花从桥上掉落到河水里。

巡捕尖厉的哨音里,坦克拉着惊魂未定的毛四消失在夜色中。

我真的没想害他,实在是束手无策。回到秋风渡石库门后,毛四对着江枫颓丧地说,可是他一旦向巡捕说出实情,就什么都完了。

抗日也不仅仅是我们军统的事情,也希望刘菜花九泉之下能理解。没能替他收尸,只是迫不得已。

垂头僵坐在灯影下的毛四,像是一个罪人。

第二天上午,江枫让小欢独自待在二楼的房间里,走到楼下的他,对毛四的恳求置若罔闻。毛四又要开口时,江枫突然怒吼道,亏你想得出来,你就死了这条心吧!我是绝对不会答应的。

苏东疾顿时觉得眼前的男人与以往判若两人,那时的江枫就像一头狮子,胸中似乎烧着一把烈火。

你让我今后怎么跟安娜交代?怎么交代?你说啊。

其实没有你想象的那么危险,毛四弱弱地说,你当我们的内线,只需要一次确切的消息:毕忠良外出,又方便我们动手。我们不想再无谓地牺牲同胞了。

江枫只是摇头,这事没的商量。荒唐!太过荒唐!

苏东疾后来踱步来到三人的跟前,说,你们两位,也就别难为他了。我能懂他,这是千斤的重担,他也是为了一句诺言。

一阵沉默后,苏东疾又说,要是在二十年前,或许我倒可以带着我的女儿苏曼青过去,当你们的内线。可惜她已经不在了。

苏东疾说完后努力地把头仰起,进入心头的往事,给了他满眼浑浊和苍凉的泪水。

坦克在他身后双手抱拳,作揖,转身和毛四一起,失望地退出了院门。

那天,楼上的小欢一直贴着窗口,偷听着这一切。

去静安寺路!一个星期后的夜里,和坦克一起上车后,毛四简短地说。

仙乐斯舞宫门口,是江枫难得一见的流光溢彩,三三两两的人不时在旋转门里进进出出,柔情的乐曲声在夜空中浮沉着歌舞升平的气象。

商女不知亡国恨,坦克踩灭一根烟头后说,这就是纸醉金迷的上海滩,整个黄浦江也载不动国人的忧愁。听上去他很像一个很有文化的中学国文教师。

你们今晚还是要杀人吗?蹲坐下来的江枫突然问道。

我觉得你的眼里每天都含着一层雾,愁苦得像是能拧出一碗水来,这样不好。坦克说,很多事情都需要我们抬头去做。说不定不用多久,战火就会烧到我们的家乡。

去身后的那个路口等我们,如果我和毛四还能活着回来上你的车,你就带着我们撤离,不管身后发生什么,只管一直朝着黄浦江的方向跑。

江枫并没有起身,只是眼神迷离地说,这让我想起了那年的除夕夜,杭州城一场十年一遇的大雪,可我却听到了枪声。

如果我没猜错,坦克扭头说,你说的是杭州人第二天传言的灵隐寺外的那场枪战。现在我可以告诉你,当时我们兄弟就在现场,可惜没能除掉狗日的何瓒，让他风光地当上了杭州市市长。那天，陪同何瓒一起去烧头香的狗男人，就是我们今天要杀的毕忠良，他现在是76号特别行动处的处长。

江枫并没有答话，再次垂头，任凭一幕幕记忆在眼里不断翻滚。记忆中的灵隐寺，那场雪花飘落得异常热烈，钟声响起时，成排的枪声突然消失得无影无踪，就像是掉落在西湖水面上的另外一场纷纷扬扬的雪。

天不助我，让姓毕的活到了今天。坦克悠长的声音还在耳边继续，那天的雪实在是太大了，我记得寺内的僧人敲响零点大钟后，密密匝匝的雪飞舞得像蜂群一样，两步之外，除了鹅毛大雪，什么也看不清。

的确是这样的，江枫后来说。那时，他看到毛四从仙乐斯的街对面走来，朝着他们蹲坐的方向撒出了手里的几张扑克牌。

你快走，坦克扭头望了一眼江枫，目光如炬。又转而笑容灿烂地说，如果我倒下，哪天回老家记得给我上炷香!

风再次吹起坦克前冲的衣衫。那一刻,江枫觉得上海的夜空特别狭窄,他倒宁愿低沉的空中能突降一场大雪。

苏东疾直到那天的凌晨才等来了蓬头垢面的江枫。事实上,江枫在此前已经回到过同福里一次,可当他正要抬手敲门时,才顿时想起自己将黄包车忘在了静安寺路旁的那个弄堂口。

那一晚的夜色中,江枫跌跌撞撞地前行。脚下踩出的每一步,都像是跨过了坦克滚烫的身体,鲜血如不竭的泉水般从坦克的胸前和腹部汩汩流出,另外的一颗子弹,正中他的眉心。江枫清楚地记得,射出这颗子弹的男人,在走出门口的那一刻,周身是那样温文尔雅,笔挺的条纹西装、洁白的衬衫,嘴角含着酒水微醺般的笑意。但他的身手却极其矫健,枪声响起的一刹那间,他扑倒了身边的一个女人,就在顺势倒下时,男人从后腰拔枪,子弹上膛,横手举枪,无比准确地朝着坦克扣动扳机,迅速送出了两颗子弹。

坦克也就是在这时中弹倒下。藏身在不远处的江枫似乎听到,他临死前怅然吐出的一句是,天不助我。那时,坦克的眼神似乎正在用力地搜寻着记忆中愁苦的江枫。

宪兵队的摩托车和特工总部的卡车很快到达现场,枪声骤然密集了起来。毛四和另外几个同伴且战且退,到达坦克的身边时,他最后望了一眼躺在地上的兄长,双目间奔涌着凄楚的泪光。但他并没有跨上江枫停在路边的黄包车,和同伴一起,像退潮的江水一般消失在烟雾翻滚的街巷中。

再次回头时,江枫觉得时光已经走过了千山万水。远处时明时暗的霓虹灯光下,刚才向坦克开枪的那个男人扶着之前被他推倒的女人,一步步走向身前已经打开车门的小车。也就在那一刻,江枫觉得眼前的世界陷入了地狱般的混沌。

那天,再次回到同福里的江枫一进门就瘫软在了地上，很长的时间里，他一直靠在墙角，像一截陈年腐烂的树桩。直到苏东疾的额头出现一缕挤进门缝里的晨光，江枫才神情恍惚地说，坦克死在地上，他们一刀一刀割去了他的头皮，就像在砧板上割一块肥肉。我能听到割断的头发掉落的声音。

第二天的中午，江枫移步到苏东疾的跟前，说，你还记得汪五月是什么发型吗？我好像见到了她。

苏东疾斜了江枫一眼说，你病了，你好像在说胡话。

毛四是在一个多礼拜后才再次出现在苏东疾和江枫的眼里，那天，他头顶着苏先生家天井上空的云层，一连洒下了三杯祭奠的黄酒，前两杯是给先前牺牲的弟兄，最后一杯，是给坦克。

江枫也就是在那时才知道毕忠良的贴身保镖葛振东的名字，坦克就是死在他快得不能再快的枪口下。

旧恨又添新仇。毛四喉底滚动出的这句话像是掉落在天井中央的一口尖刀。他说，这仇，一定要报的。

仙乐斯舞宫门口的这场枪战，只是葛振东众多次护卫毕忠良出生入死的其中一场，其险恶程度尚不足以令两个男人记忆深刻。

这么多年，我一直把脑袋提在手里，随时准备让你嫂子为我收尸。幸好有你在，虽然步步踩在钢丝上，子弹最终还是绕着我走。毕忠良习惯在喝酒后对葛振东发这样的感慨。他一般给自己温半壶左右的绍兴黄酒，而此时葛振东的身前，则是一个热腾腾的茶碗。

先生放心，你的安全就是我的安全。子弹飞来的时候，我会第一个挡着。

虽然是长时间备受信任的贴身，葛振东也依旧在毕忠良的身边保持着或是毕恭毕敬或是正襟危坐的姿势，双腿总是并拢，脚上的一双皮鞋始终是纤尘不染。他也只在离开毕忠良的办公室时，才会让手中托住的那顶礼帽重新戴回到自己的头上。那时，双目英气逼人的他又平添了一份温文尔雅。

整个特别行动处，一应人员在所有的场合里都叫毕忠良为处长，唯有葛振东称他为毕先生。也有几次，在毕忠良位于愚园路的家中做客时，刘兰芝会嗔怪葛振东，我又要说你了，不要老是先生上先生下的，叫哥就行。

葛振东露出家人一般的笑，两排洁白健康的牙在灯光前闪亮，听你的，嫂子，但只能在这个屋里这样叫。

听着两人的对话，毕忠良咬着嘴里的雪茄，在沙发背上满意地放斜了身子。自从离开江河日下的国军继而转投南京汪氏政府，虽然也有着提心吊胆剑拔弩张，但每个离开极司菲尔路后回到愚园路洋房的夜晚，生活的确是越来越有富足光鲜的样子。

葛振东的祖上其实也是在杭州城有头有脸的。早在光绪宣统年间，葛家的故事就在坊间令人喜闻乐道。这个起源于北高峰脚下的猎户家族，世代在厅堂里供奉佛祖如亲生父母，但就在几步之遥的东厢房里，却摆满了能收集到的各式各样的火铳和枪支。兴起时，葛家老爷子会带上两个用人，让火药和子弹上膛，在山野间对着枝头的野果或是忽然闯过的山鸡野兔开上几枪。枪口平稳后，每一次都是弹无虚发。

直到民国二十六年的冬季，大雪封山后，老父亲依旧没能浇灭心头如火苗蹿动般的老瘾，枪声一响，即刻把若松茂平的宪兵队给引来了。押回家中一看，那还得了，什么进口毛瑟、勃朗宁M1900、南部十四、掌心雷、汉阳老套筒，一应俱全，甚至还有当年用两筐大洋从"笑面虎"孙传芳司令手里换来的仿制伯格曼花机关枪，除却弹药不说，其装备数量基本能配齐当时国军的一个完整建制连。宪兵队立马坐不住了，照明文规矩，不要说枪支弹药，连一个鞭炮也是不能逃过他们的视线的。若松茂平当即拍板，后患无穷，全家男性一个不留全部带走。

要不是老父亲那时直言相陈，又曲里八拐地找到了据说可以帮上忙的毕忠良，继而又通过其拜把子兄弟何瓒的关系疏通，葛家上下或许早已是坟头几把茂盛的草。险情摆平的当晚，已是春节过后，一身学生装的葛振东被父亲叫到席位上毕忠良的跟前。

我这儿子，今后就交由你使唤了。刀山火海，鞍前马后，毕先生看他的枪法和身手就行。一句话，指哪儿打哪儿。

父亲当即喝完了整整一碗的西湖莲子烧。

张嘴送入一杯黄酒后，毕忠良的眼中就适时飘扬起几天前除夕夜的那场雪，他不能确定自己是否能一直怀揣灵隐寺外死里逃生的福分。

葛先生，恭敬不如从命，那我就不推辞了。毕忠良说，咱们振东一表人才，气色华丽，当能前程高远。今后我和他就是兄弟相称。

那晚的仙乐斯舞宫里，音乐缓缓时，葛振东起身摘下衣架上的礼帽，他在毕忠良的耳根低语了几句后，便牵着女友珍妮的手朝着门外走去。随后起身的毕忠良走向了洗手间。

舞厅里的一个舞女首先离开,她是向街上的毛四传递毕忠良将要离开的消息。毛四朝着出现在门口记忆中的"毕忠良"开枪时,真正的毕处长其实正手提部下的一件烟味缭绕的短装,步履缓慢地迈出仙乐斯的后门。刚才在洗手间里,他将自己的风衣披到了一个随从的身上,随从快步跟到了葛振东几米外的身后。

毛四在苏东疾的家里连着住了三天。在苏东疾的面前,他很是后悔那天没能拦住自己的兄长。因为事实证明,他们有可能是被那个朝鲜籍的包打听给耍了。刺杀发生后,舞女随即在上海消失得无影无踪。

决定是否行动时,毛四曾在飓风行动队的碰头会上劝过坦克,这样的包打听不一定可靠,这个狡猾的女人完全有可能为了几张钞票而两头报信。但坦克却攥紧双手说,管不了那么多了,哪怕是只有一线的机会,也要给抓住。

三天里,坦克的遗像一直摆在客堂间里,毛四每天都静默地点上三炷香。

他们缺的就是准确的情报,苏东疾对江枫说。

离开苏家之前的那个下午,毛四对着天井角落里的江枫说,一直不愿告诉你,安娜可能就是被关在76号,她早就被捕了。

小欢在这一天的傍晚独自走到江枫的跟前,说,爸爸,别再犹豫了,我们为什么不去?

那一刻,苏东疾突然神情恍惚地僵立在低垂的暮色中,像是夜风乍起时突然慌乱起来的一棵孤单的树。他死死地盯住眼底瑟瑟发抖的毛四,两人感觉时间仿佛是停止的。

事实上,葛振东在那天的刺杀现场也受了伤,坦克射出的一颗子弹削过了他的臂膀。若不是他那时瞬间跃起后推倒珍妮,那颗子弹或许会正中他的心窝。

小车将两人送到珍妮的寓所前,惊魂未定的女友在下车后弱弱地说了一声,你受伤了,上去我的房间,我替你消毒包扎一下。

这是葛振东头一次走进珍妮的闺房。之前,珍妮一直和他保持着分寸恰当的似友似恋的距离。

在一块落地的穿衣镜前,珍妮替葛振东脱去了那套鸿翔衣铺定做的条纹西装,又拿出剪刀剪开了他右臂上的白色衬衫。一股浓稠的血腥味即刻在飘荡着珍妮淡淡香水味的客堂间扑鼻而来。

谢谢你救了我。珍妮说。

其实应该我来谢你,要不是因为第一反应要扑倒你,躺在静安寺路上的那几具尸首中,或许就有一具是姓葛的。

救人就是救己,佛祖和上帝都很有远见。葛振东眉目含笑。

像一双鸽子,珍妮的手后来静静地落在葛振东的肩上,双眼深情凝视对面镜子中的男人。那时,时间的脚步只晃动在身后高挂的自鸣钟上。

孤身居住在上海法租界的珍妮是在新新公司的

六层顶楼认识葛振东的。那段日子，一旦没有任务在身，葛振东就会独自开车前往南京路浙江路口的西北角。每个夜晚，新新公司的霓虹灯都傲然映衬着头顶的两座四方形空心塔楼，它们与毗邻的先施公司及对面永安百货的彩灯广告交相辉映，一如芳香名角们踮起脚尖在上海滩的争奇斗艳。

能够成为人头攒动的南京路上的后起之秀，并与先施、永安呈三足鼎立之势，新新公司靠的不仅是首创了在夏季开放冷气，令太太小姐及各路人士流连忘返的更是六楼新都餐厅内的"玻璃电台"。来往的顾客一边购物就餐，一边驻足欣赏四壁皆为玻璃幕墙的发声电台，柔软温情的新闻播音和音乐演出一如梦幻般的童话世界，优美而浪漫。

连着十来天，玻璃墙内的电台主持人珍妮总是在低头的一刹那间察觉到一泓清澈的光，像是惊鸿一瞥，她不能确定那双陌生专注的眼眸到底来自餐厅的哪个角落。每次曲终后从钢琴键盘上抬头，那团柔滑如丝绸般洒下的光又倏忽隐退入玻璃墙外的人群中。

那天,刚唱完一曲《何日君再来》的珍妮在走出玻璃电台后被迎面的两名黑衣汉子拦住,小姐,歌唱得真好,想请你陪我们大哥喝几杯。

珍妮的眼绕开那两张猥琐的脸,转身走进餐厅里的另一条通道。通往洗手间的一个僻静角落里,两名男子追上她,敞开衣衫,露出插在肚皮前的匕首。

我们大哥替日本人做事,只需要你赏脸喝一杯酒,不算太为难。

珍妮欲要奔逃时,男子的手即刻抓上她的肩头。

是尾随而来的葛振东上前将她护住,对不起,她是我朋友。

是你朋友又怎样?其中的一名男子话锋一转,皇军不想听到有人唱《何日君再来》,她这是盼着国军回来上海收复失地。

明白你的意思,那人就交给我来处理吧。葛振东亮出特别行动处的工作证,对着珍妮眨眼道,跟我走一趟吧,去特工总部做个笔录。

对方正欲上前阻挡时,葛振东掏出手枪,枪口直顶男人的肩头,有什么不放心的,明天来极司菲尔路55号核查,你可以直接找行动处的毕忠良毕处长。

珍妮跟随葛振东上了电梯。两人一直相伴走到楼下的出口处,葛振东才摘下礼帽颔首致歉道,没事了,你可以走了。

抬头凝望眼前的男子,珍妮这才想起那双柔滑如丝绸般的眼眸。

谢谢你。珍妮说。

第二天,在珍妮的下班时间里,葛振东的身影准时出现在新新公司一楼的门口,门外的风吹拂起他浓密闪亮的发丝。

刚往这边过,顺便的,我进来看看你。昨天没受惊吧?

珍妮略带羞涩,眼角间露出浅浅的微笑,今天没事了,让你费心了。

带伞了吗?葛振东说。

斜眼越过对方宽阔的双肩,珍妮发现,南京路上确实毫无节制地落着一场绵绵无声的细雨。地上朦胧的水光反射着头顶的霓虹,空气中顿时有了一阵凉意。在珍妮的眼里,一切都显得缥缈起来。

今天是二十四节气中的白露。葛振东说,白露为霜,过了今天,就是一场秋雨一场凉了。他的话听上去有些伤感,像不是对珍妮说的。

这么闷热的季节就会有霜?

古人在这里说的霜不是霜降的霜,指的是清晨的露水因沉浊而变成芦苇飞絮般的白。在我们老家,白露节里都会用糯米高粱酿制白露米酒,这几天也是龙井茶树最好的生长季节,长势旺盛得像是要跟人拼命似的。

你也是杭州人?珍妮的眼中绽放出诧异过后的惊喜。

往事在她眼里一幕幕浮现,回忆让此刻的珍妮备感温暖。眼前的男人像一件质地舒柔的毛衣，总在自己想要抱紧肩头时轻轻盖上。

不早了，我该回去了。葛振东回头，拍了拍珍妮的肩头，他说明天还要和毕先生去一趟南京。

其实你不应该替他们做事，终归不会是一个好结局。珍妮说得很轻。

毕先生在哪里，我就在哪里。葛振东说，我没什么其他的本事，只能照应他的安全，你知道，他对我们家有恩。

那你就没想想其他的吗？

我只想简单一点。有些东西太复杂，想了也白想。

以后别叫我珍妮。那是我在蕙兰中学教书时的英文名。我姓汪，叫汪五月。

珍妮不会忘记，自己是在来上海后的第二个月才去面试玻璃电台的播音员。那天面试后，经理叫住她说，汪小姐，我想你可以改变一下你的发型。

珍妮愣了一下。听见经理又说，你晓得的，那种波浪形，现在在上海很时兴。

时间没过多久，珍妮一头蓬松又卷曲的短发形象照片就出现在了新都餐厅各个转角处的墙壁上，那是她花了一个下午的时间在陈开来照相馆拍的。照片中的她，一对浓黑的柳叶眉，额间不再拥有修剪整齐的刘海，两丛弯曲的秀发像是冲向岸边的浪花。珍妮的旗袍是在老苏州旗袍行找那个叫武三春的裁缝定做的，春江月夜的墨绿色，点缀以十来片枝头飘落的红枫叶。她明亮的双眸，正对着眼前的那个向日葵般的话筒……

在想什么呢？那天葛振东临走前，发现汪五月有点伤感。

回去吧，汪五月笑了一下说，没什么。

那天的后来，汪五月忘了把窗关上。她迷迷糊糊睡得很浅，于是在半夜起风的时候，被一阵寒凉所惊醒。她摸了一把足底，恍惚记得刚才的梦里，自己的双脚是浸泡在拱宸桥下冰凉的河水里。她当然不会告诉葛振东，仙乐斯舞厅门口，就在枪声响起她又被扑倒的那一刻,自己的那只琥珀手镯撞落在地上,瞬间断成了两截。所以整个晚上,她一直觉得心里空荡荡的,如同现在这间被风灌满的屋子。

汪五月没有继续躺下,她抽出塞在床头书架上的一张报纸,对着一则寻人启事,就那样恍恍惚惚地看着,好像看见了很久以前的杭州以及杭州城里的江枫。她记得那年江枫将琥珀打成一只手镯送给她时,玉器店的老板玩笑着说,琥珀是老虎的眼泪。那时江枫笑了,说老虎从来就不掉眼泪。

半个月后的那个清晨,刘家的用人正在灶披间中摘洗菜叶时,厅堂里响起了一阵门铃声。拉开愚园路寓所铁门上的小窗口,细雨纷飞中,一对落魄的父女出现在用人的眼里,水珠从两人一高一低的发丛间缓缓滴落。吴妈即刻回头喊道,太太,来客人了。你快过来看看,是老家的亲眷吗?

刘兰芝的双手顶着铁门,将头埋进窗口后警惕地问道：你们找谁？

是我姐家吗？江枫急忙掏出口袋里一个皱褶的信封，指着上头有着刘兰芝笔迹的收信人地址说，我是她堂弟刘菜花，刚从浙江老家过来。

江枫的话略带乡音，让刘兰芝的双眼即刻红肿了起来。快开门，快开门。刘兰芝对着身后的吴妈叫道，他们没带伞啊。

自打十二岁时跟随父亲离开老家，刘兰芝就没有再回过衢县，至于那个名叫后溪街的乡村，只能和一条潺潺的溪水一起，流淌在她孩童时光的记忆里。刘兰芝依旧记得，父亲曾带她撑着小木舟沿溪水逆流而上，用不了多久，船就到了邻县的江山境内。父亲摸出烟袋后指着远处告诉她，看到没？从这里过去，就叫须江。江畔一脚深的浅水底，堆积的鹅卵石清晰可见，父亲的竹篙插入砂石间，鱼虾在一旁悠然觅食。不远处的芦苇丛里，张开翅膀的白鹭在低空中滑翔。离开家乡的起初几年，她和父亲一直念念不忘家乡菜的浓香和入味。五年前，父亲离世后，原本和家乡时而有之的信件来往也就基本中断了。

姐，不要说写信，我这过来的一路上都是走走停停的，到处都是关卡，不知道绕了多少路，耽搁了多少日子。江枫接过吴妈递过来的毛巾，擦着身上的水珠，小心翼翼地说。

不说了不说了，平安到达就好。刘兰芝双眼热切地说。

吴妈给江枫沏上一杯茶后，刘兰芝支着沙发的靠手缓缓地说，人终归是恋家的呀，嘴巴也是恋旧的。这许多年，我倒是习惯了。只是你那姐夫，老是嫌怪单位和家里的菜清淡，皱紧眉头说提不起胃口。于是我想起了咱们的家乡菜，这才有了给你们写的那封信。

小欢在江枫身旁埋头羞怯地听着，始终一言不发。有几次，刘兰芝和吴妈的眼停在她左手空荡的袖口上，随后又匆匆地移开。

刘兰芝后来让吴妈给先生的办公室打电话，让他中午回来吃饭时,小欢将沙发上斜撑的身子向江枫略微靠近。江枫抬手搂住她,说,姐,这是我女儿,之前给你回的信里提起过的,只是没能跟你说,她的那只手,其实不好的。

刘兰芝点头,声音低沉地说,看出来了。先不说这个。

信是托人写的。我只是认得几个字而已,要是让我写回信,那是依葫芦画瓢还没写上两个字笔头就要掉落到桌子底下的。

走向电话机座的吴妈又折了回来,说,太太,我记得先生早上出门的时候,不是讲今天去南京的吗?

刘兰芝一拍大腿,扭头笑道,瞧我这记性,一时高兴,竟然给忘了。

不在家也好,我这……该叫什么来着?哦,对,是侄女。你看她一直垂着眼,孩子嘛,是怕生的喽。老毕要是回来了,那张老虎脸,难免就更加吓着了她。

江枫赔着笑,说,哪里,哪里。又扯了一把小欢的衣角,说,快叫姑姑。

小欢扭了下身子,嘴巴噘起后双眼睫毛一眨,笑容乖巧地送出两个字:姑姑。待声音落定,刘兰芝绽开的笑容尚未收起时,又接着叫了一声道,姑姑好!

这孩子,心里其实懂事着呢。吴妈说着,端上一盘洗好的水果摆到小欢的面前。刘兰芝俯身,将果盘又朝着小欢推近了点。来,拿上,姑姑欢喜你。刘兰芝说着,目光又不由自主地飘落到小欢的左手。

想当年,跟我爹离开老家,也就是她这个年纪。刘兰芝将目光转回到江枫的身上,说,孩子母亲呢?

江枫搓揉着双手,沉默了片刻,说,其实我们一家三口原本在杭州住了多年,小欢也是在那边出生的。民国二十六年的十月十六日,日本人的飞机炸塌了杭州火车站,那时我们正准备上车回老家。

孩子她妈,杭州本地人,就是那天过去的。

作孽啊,刘兰芝哽咽着扭过头去,抬起手腕抹去闪动在两处眼角的泪花。小欢在一旁静静地凝视说话的江枫,靠近他的膝盖后,轻叫了一声,爸爸,不要再讲了。

平常很少说话的江枫那天却跟刘兰芝说起了很多的家长里短。他回忆起自家面朝溪流的泥草房、旁边春夏播种的两行菜地、这次临走前卖掉的几只红掌大白鹅,又目光黯淡地说到了自己的胞弟,自三年前加入张发奎集团军第五十七师后,二十六岁的刘菜刀至今没有半点音讯。就像发大水的时候家中的一个木盆被洪水冲走,浮在水面上摇摇晃晃了几下,就不见了。江枫一阵叹息道。

江枫后来又问起刘兰芝,姐,你以前在家里见过我吗?

当然见过面的呀,刘兰芝说,其他日子不说,每年过年的时候,一个家族的老小都是要走动走动的。你是哪一年生的?

是民国元年的惊蛰那一天,姐。也正是因为此,一家人后来围在一起要给我取名时,家父望着门外漫山遍野的油菜花说,简单点,就叫刘菜花吧。他说兵荒马乱的年代,男娃子取一个女娃子的名,能活得长久一点。

刘兰芝一脸喜悦,说,真当有趣。又伸出食指道,那么就对了,肯定见过面的,我比你大了五岁。我离家的时候,你正好七岁。一个那么高的小鬼头,我有点印象的。至于你肩下的菜刀兄弟,那是不能确定了。

他那时应该还在摇篮或是站在木桶里。江枫说,那你还能记得我长啥样?

啊哟,那真是记不清楚了,多少辰光了呀。刘兰芝笑呵呵地摇头,又对着江枫努力地审视一番,一双手比画出一张圆脸后说,反正就是你现在的一个大概,大致的模样还在的。对的对的,记起来了,是有一个孩子在惊蛰那一天生的。父亲那年还开玩笑说,是天雷公把你从肚子里给震出来的。一转眼，半个甲子过去了呀。

两人说话的时间里，小欢偶尔抬头，张眼凝视四周。

可到了将要吃晚饭时，一家人找遍了楼上楼下房前院后，却始终不见小欢。吴妈说奇怪的呀，刚才还在院子里头的，我提醒她说外头下雨阴凉，问她是否要开先生的唱机给她听，她乖巧地点点头答应了。我给她好不容易找来了黎锦晖先生的那张旧唱片，都落满灰了，里头有《麻雀与小孩》《葡萄仙子》《神仙妹妹》，都是学堂里给孩子听的歌嘛。她是睁着两只大眼睛在听的，只是还不怎么说话，对我只有点头和摇头。可怎么现在人就不见了呢？

刘兰芝站在客堂间的门口乱了方寸，对着吴妈一个劲地埋怨，让你好好看着好好看着，她一个孩子，头一天来上海的。这可怎么得了？

吴妈在门廊里的黄铜墙灯下垂头丧气地聆听着，直到刘兰芝反反复复的几句话说过了多次，她才又奔回到院子里。

外头的大门她是出不去的,刘兰芝说,是锁上的,钥匙还在。江枫又看了看差不多两人高的围墙,梯子也是没有的。

一直到桌上所有的菜都凉了,吴妈才牵着小欢的手出现在主人的眼前。孩子是在地下室里,吴妈说,和一堆废旧物件蹲在一起,那个角落里是没有灯的,还好我带了手电筒。

在江枫的追问下,小欢才抬头怯怯地说,对不起,姑姑,我看到有一只猫,就追着它跑过去了。可是在那里等了很久,它一直不出来。

你不会是等得睡着了吧?刘兰芝在门外的灯影里笑弯了腰,傻孩子,这里到处都是野猫,你要是能追得上它们,不成了风火轮了?

好了好了,吃饭去,都快饿昏了吧?刘兰芝摸着小欢的后脑,转身朝里头走去。

小欢扭头望了一眼江枫。

小欢的真正走丢就是在第二天的上午。那时,吴妈建议江枫跟她一起去买菜。吴妈说，菜花兄弟，以后给先生太太掌厨的事就靠你了，也不知道你平常喜欢烧什么，要不咱们一起去菜场走走？江枫即刻点头答应了。小欢跑过来说，爸爸，我也要去。去吧去吧，你们父女一起去，也好认得隔壁菜场的路。刘兰芝在这个灰蒙的清晨里温和地笑。

江枫记得，走出大门时，小欢回头看过一眼院墙石柱上的门牌。

吴妈是在突然降临的雨点中称好了三个萝卜和一块牛肉，又和摊主讨价还价了一番。伸手接住落到眼前的几滴冬雨，正等着吴妈付钱往回赶时，江枫回头，这才猛地发觉，小欢不见了。

真是作孽啊，刘兰芝朝着回到家中的吴妈一阵跺脚，这回是出大事了呀，这么大一个上海，你说上哪儿找去啊？说完，即刻拿起桌上的电话，拨通了特工总部特别行动处毕忠良的办公室。电话一直没人接。刘兰芝又拨了秘书室的号码。秘书告诉她，毕处长临走前是说明天才能回来。

一直到这一天的傍晚，江枫才出现在愚园路的寓所里。此前的整个白天，他站立在苏东疾家的门口处望眼欲穿。陪他一起等候的，是趴在他脚下目光呆滞的乌云，它像是全然忘记了这个冬季的水泥地上逐渐蔓延的潮湿和冰凉。

再次回到刘兰芝面前的江枫像一只被雨打湿的候鸟。隔壁的几条大街都找过了，什么消息也没有。江枫虚弱地说。那一刻，他颓丧地跌坐在门廊外的台阶上，任凭众多的思绪在脑中烟尘般翻滚。他实在不能明白，到底是从哪一天开始，周遭的一切，都变得无法挽回又无能为力。想到这些时，他终于没能止住滂沱的泪水。记忆中的酸楚和天地间的雨幕一起到来，从杭州到上海，又从五月到安娜。

葛振东差不多在这一晚的八九点钟接到了租界工部局警备委员会的朋友来电。那时，他刚从苏州站回来。两天前，他没有跟随毕忠良一起去南京。

我这边刚带回一个孩子，自称是你们毕处长的亲眷，你是否过来核实一下？对方在电话那头说。

葛振东是带着刘兰芝一起赶往巡捕房的。没错没错,是有这么回事,你和老毕都不在家,可把我给急死了。一路上,裹着披肩的刘兰芝在暖身的车厢里依旧瑟瑟发抖。

见到刘兰芝的那一刻,小欢第一时间冲进她的怀里,姑姑,对不起,我走丢了。

这孩子头一次来上海,也难怪的。朋友在给葛振东让座后殷勤地说,本来是理当我们送孩子回府上的,考虑到这年头外地流民太多,泥沙混杂,就只能麻烦你和毕太太亲自跑一趟了。

回来的路上,刘兰芝一直紧拥着身边的孩子。得知小欢走丢是因为想回头给父亲和吴妈拿上一把雨伞时,她的双眼即刻就潮湿了。

那晚,已经在床上躺下的小欢突然又坐直了身子,对着惊魂未定的江枫目光凌厉地说,毛四叔叔是不是在骗我们?

你想说什么?

我昨天找遍了这屋里的每个角落,今天又去了愚园路的76号，根本就没有安娜的影子。

在小欢后来的叙述里，江枫得以了解全部的真相。事实上，就连昨天的野猫也是她临时编的。而早晨离开菜场后的小欢，是在一路寻找愚园路的76号，到达那里的花园洋房后，铁门是一直紧锁的。围墙头顶的铁栏杆下，小欢踮起脚尖声音响亮地叫喊了无数次：妈，妈！回应她的只是隔壁院子里一条铁链锁住的狼狗。路旁热心的摊主告诉她，孩子，这房子已经空了半年多了，里头根本没人。

周身被雨点打湿的小欢后来蹲坐在铁门前，在一阵疲倦中昏睡过去。是路过的巡捕踢醒了她，又在一阵盘问后将其扣留……江枫终于想起，那天在苏东疾家的天井里，毛四曾说，安娜就是被关在那里。

你以后不能再这样了。要去哪里，必须跟我说一声。江枫很严肃地把话说完。

他们说的76号是另外一个地方的76号，你根本就去不了。江枫又说。

小欢默默点头，眼光中有了一些明白和悔意。

很久以后，回想起小欢这一天的举动，江枫就不由感觉一阵深深的后怕，因为他那时知道，就在小欢对着围墙叫喊安娜的不远处，依次排列的一溜院子里，曾经分别住着特工总部的李士群、吴四宝以及他们的顶头上司周佛海。

葛振东在这一天的深夜驱车到达新新公司的门口时，汪五月已经凝视着南京路上漆黑的雨帘等候了一个多钟头。此前，她将来时带上的雨伞借给了玻璃电台的一个女同事。

他今天回上海，应该会来接我的。汪五月这样和女同事说。

美丽的女人，挚爱的男人，你们比《魂断蓝桥》里的爱情还要爱情。同事抿下一口红酒说，珍妮，我其实一直嫉妒你。为的就是每个晚上，葛先生都会准时来楼下接你。这上海滩，有几个男人能这样坚持的哦？

汪五月展露微笑，在同事羡慕的眼光里安静

转身。

葛振东停车，快步走到汪五月的身前，又转身跑了回去，嘴里说，你看我这记性，伞又忘在车上了。再次来到汪五月跟前时，手里还提着一袋热气腾腾的糖炒栗子。

赶紧吃吧，暖暖身子。葛振东说。

车子在南京路上缓缓前行，路口的红绿灯处，葛振东从挡风玻璃上转眼，调低车内的收音机音量后对着汪五月说，毕先生家前两天来了一个亲眷，他们的孩子在上午走丢了，我刚和嫂子一起去巡捕房领回。

很安静的一个孩子，一双眼里像是懂得很多事。车子起步后，葛振东扶着手里的方向盘，望着水光摇移的街面说，只可惜，少了一只手臂。

葛振东的话音落下，汪五月像是惊醒般地凝神侧转过脸，静默片刻后，又将临到嘴边的一句话给收了回去。

嫂子是那么怜爱她，也难怪，这么多年她一直没能怀上。葛振东又说。

葛振东照例将车停在汪五月的楼下,撑开伞后将她送到门口。注视着汪五月掏出风衣口袋里的钥匙转动门锁,继而转身合上铁门时,他便让自己退身到沿街的梧桐树下,静候楼上的那间房内亮起灯光。

等到汪五月推开窗子后,他才透过头顶摇曳的树枝,对着窗口波浪发型的一抹剪影展露笑容,挥一挥手。

毕忠良回上海的那天,车子驶进愚园路后,暮色掩映的天空中飘落了第一场雪,提前下车的葛振东为他打开车门。昏黄的街灯下,毕忠良抬头望了一眼熟悉的上海,几片凉爽的雪花也就是在那时钻进了这个中年人细长的眼里。

不早了,你也回去吧。毕忠良对着身前的葛振东说。

待先生进门后我再走不迟。葛振东说,今天是冬至,家人团圆的日子,嫂子肯定很开心。

毕忠良转身摁响石柱上的门铃，很快，吴妈一阵急跑的声音就从里头一路传来，来了来了，肯定是先生回来了。

那一刻，葛振东背对着毕忠良，双目注视着愚园路上柳絮般飘扬的白色，眼光安静又镇定。一直到吴妈扣上门锁拔出钥匙，里头又传出刘兰芝喜悦的声音时，葛振东才让自己的车身在夜色初降的雪影飞舞中静静走远。

毕忠良厚实的皮鞋尚未踏上台阶，满脸忐忑的江枫和小欢就已经站立在门廊外如白昼般的灯影中。这天，刘兰芝让吴妈将一楼所有的灯都点亮。

老毕，你快看，是谁来了？

早在回家的车里，毕忠良就从葛振东的嘴里得知刘家亲眷到来的消息。那时，眼望着一高一低的两个身影和他们局促不安的面容，他将右手的公文包换到了左手，笑容可掬又声音爽朗地说，让我看看，咱们的菜花兄弟身上是刘家怎样的血脉。

江枫躲闪着毕忠良的双眼，脸上是僵持如枣核般的笑。

姐夫！江枫像是不甚确定般地叫了一声。

程序般的寒暄后，江枫推了推紧贴在自己腰间的小欢，示意她向毕忠良问好。小欢却只是低头摩挲着眼底里的两只鞋尖。

好了好了，别再难为她了。我早说过，孩子她怕生。刘兰芝上前解围道。

刘兰芝后来推着毕忠良的臂膀走进了客堂间，你快进去看看，今天是什么日脚？

厅堂正前方的香几上，摆在正中的是一碟糕点和一盘水果。靠近墙壁的香炉上，三根檀香正在袅袅熏烟。

可辛苦了菜花兄弟的一份孝心，要不是他记得提醒，我哪知道乡下的这些规矩风俗？在我们老家，冬至就是小年，一家人团团圆圆，祭拜祖先。刘兰芝的话还没说完，眼中就生出一些泪影。转头抹去后，江枫将六根刚刚点燃的檀香送到她的手里。

姐，和姐夫一起再拜一下。江枫说，求平安，得美满。

就在毕忠良回来之前，江枫已经和刘兰芝一起拜过了刘家的先祖，那时，小欢站在他们两人的正中。伺候在一旁的吴妈，把一双眼看得热乎乎的。

吴妈后来一直坚持着不让江枫下厨，刘先生，你去坐着吧，今天这日子不一样，事情该交给我来做。

江枫却追到灶披间里执拗地说，吴妈，你忘了我也是来上海干活的吗？

江枫又说，以后可别叫我刘先生，叫得我耳根热，叫菜花就行。

事实上，江枫那时却是生怕在客堂间里去面对毕忠良。

那一晚，江枫独自烧了两个菜，素雅的小葱拌豆腐和色香味俱全的红烧鲤鱼。他在桌边对着刘兰芝和毕忠良说，这个豆腐是清清洁洁，鲤鱼呢是红红火火。埋头吃饭的小欢抬起一双诧异的眼，她不记得有哪一天江枫曾经说过那么多的话。

说得不错,毕忠良说,年夜饭,图的就是个吉利。说完,将半杯黄酒倒入了嘴里。

刘兰芝毕竟是女人,她后来对那盘红烧鲤鱼皱起了眉头。辣味好重啊,呛得我掉眼泪。刘兰芝说。

毕忠良却摇头说,不会啊,我就喜欢这个。这样的烧法,真的是不一样。

小欢就是在这时怯怯地接话,她说,如果是夏天,我爸烧出的爆炒螺蛳更加入味,但也还是辣。

这叫辣得过瘾。毕忠良说。

江枫一直看着眼前的毕忠良。当初决定来愚园路后,毛四兴奋地搓着手掌说,现在的关键是你要赶紧学着烧菜,咱们的家乡菜。

这个或许倒不用学,江枫说,我有把握。

但毛四还是不够放心,说,走,我带你去一个地方,那里烧的菜最合我和坦克的胃口。

头一次走进那家小酒店的后门,江枫觉得里头烟熏火燎的油烟简直将灶披间熏成了一座庙。一阵油焖尖椒的辣呛味猛地扑向鼻尖后,他即刻从灶披间里抱头鼠窜,趴在墙角处连着打了无数个喷嚏。

需要这样吗?江枫涕泪交加地说。

说实话,这事情,我也没有个准头。船到桥头时,有备无患吧。毛四像是窃笑着道。

毕忠良后来端着酒杯问江枫,菜花,你女儿这手是……?

还没等他说完,刘兰芝就支着手肘撞了他一下,说,就不能说点开心的吗?

没事,姐,都过去了。平安就好。江枫说。

小欢又偷偷望了一眼江枫。

那天回到卧室里,坐在床头的小欢急不可待地说,你今天说了一箩筐的话,但是你以前不这样。

江枫却说,其实我跟你一样紧张,于是就使劲地说不停地说,那样我就没有工夫去紧张了。

那你说说看,江枫,我今天的表现怎样?

你该叫我爸。江枫沉着脸说。

好吧，只要你能帮我找到安娜，你说什么都行。小欢躺下后说。

当晚，江枫能感觉到小欢在床上彻夜不眠。你在想什么？江枫问。

我在想，明天接下去你能不能应付过来。小欢睡眼蒙眬地说，我有点替你担心。

在江枫睡意全无的脑海里，两场远去的纷纷扬扬的雪彼此交错着从天空中落下。杭州城灵隐寺外的那一场刺杀，枪声还依稀响在耳畔，记忆中雪地里的三具尸体依旧令他触目惊心。而其中的另外一场刺杀，就在此刻的窗外。他又不得不回想起毕忠良那对细长的眼袋，像是一双静卧的狮子。客堂间里的他，时而目光如炬，折射出洞若观火般的心思缜密。

就在晚饭后吴妈收拾碗筷的时间里，毕忠良走到回廊下江枫的身后，点燃一支粗大的雪茄后说，今年的雪来得比往年早。

江枫回头。毕忠良又说，老家也会在这个时节里下雪吗?

这可说不准,江枫说,如今这天气是越来越看不懂了。

怎么个看不懂?毕忠良咬着嘴里的雪茄,斜眼睨视着江枫。

记得父亲说,从八国联军闯进京城到袁世凯称帝、张勋复辟又到后来的连年混战,城头的大王旗在变,天上的雨雪也就不顺着时令走了。

你父亲这是话里有话。毕忠良吐出一口烟,对着院中上下如银的雪景说,下雪天,早点睡下吧。

客堂间里,毕忠良正要抬腿上楼时,又回转过身问江枫,小欢的那只手是怎么了?

我们一家三口原本在杭州住了多年,民国二十六年的十月,日本人的飞机炸塌了杭州火车站,那时我们正准备上车回老家。孩子她妈是杭州本地人,就是那天过去的。一同被炸的,还有小欢的那只手臂。

一直到江枫把话说完,毕忠良才抬起右手将他制止，说，过去的事，以后就不要再提了。

第二天一早，毕忠良回到办公室的第一件事就是将秘书叫到跟前，去查一下，民国二十六年的十月，有没有飞机轰炸过杭州火车站？

秘书在两个时辰后敲门进屋，躬身作答道：查过了，处座，杭州火车站的两个鸡窝顶，曾在二十六年的十月十六日受过轰炸，鸡窝顶被炸掉了其中一个。

什么鸡窝顶？

是这样的，处座，因为从远处的山上看，杭州火车站那时就像两个鸡窝顶建筑，杭州人于是就这么叫了。

有枣没枣，先打他两个竹竿。老家的这句俗语，也是毕忠良多年来信奉的教条。他常对手下说，结在树上的枣，你在树下是看不清楚的。

要不是因为那时的浙西地区依旧捏在重庆国民政府的手心里，他早就直接拿起电话，打通浙江方面的特工分站了。

事实上,昨晚他就睡得不够踏实,一双耳朵始终留意着房内的细微声响。从收到刘菜花的回信到这天,日子再怎么说也不算短了。

该让你兄弟住到办公室那边去。毕忠良说。

这事我听你的,原本就是为你叫来的。但孩子是不是就留在家里?

毕忠良想了想后说,这样的确更好,两头都合适。

毕忠良在思绪安定后才拍了拍怀里刘兰芝的肩头说,操心的事,都留给我吧。能有个孩子陪着你,也不会那么枯燥。

毕忠良后来告诉刘兰芝,这一次,他其实并没有去南京,只是一直停留在上海的一家酒店里。几天里,落地窗前的那一排厚呢料子的双层布帘,他从未去拉动过。

是因为行动处的周副处长得罪了李士群,李便有意要在这几天里将他革职调离。毕忠良其实早就对此心知肚明,他清楚其中的门道,只要自己在上海,李是肯定要假意向他征求意见的,那样的话,他就会陷入左右不是,也难免会给自己树敌。

就像刘菜花所说的城头变幻大王旗,在特工总部,毕忠良已经看出一些端倪,领导着76号的梅机关影佐少将,已经和特工总部李默群主任之间态度十分暧昧,早晚会演变成一场大庭广众下的厮杀恶斗。而事实上,在日本人面前,李默群无疑只是一条分分秒秒都会被抛尸荒野的狗而已。

你这工作,实在让我不得安心,里里外外的,都是枪口。刘兰芝心事重重地说。

我不是没有想过解甲归田。毕忠良说,可是上船容易下船难,人很多时候都是被逼的。熬过了初一,还得赶紧想一想如何才能走到十五。

新历元旦的那一天,毛四盖紧头顶的帽子,低垂着双眼,一路停停走走地尾随着江枫来到六大埭菜场。提着菜篮的江枫蹲在一堆蔬菜前,摘去几片烂叶子后,将几棵挑好的白菜放进摊主的秤盘里。

先生买这么多菜?毛四在他身后提了提帽檐说。

回头的江枫,即刻就想抓起一株白菜向他砸将过去。

两人一前一后,四顾着走到一个僻静的角落。

江枫将菜篮扔在了地上,一屁股坐下后说,我真后悔听信了你的鬼话。

好人做到底,送佛送到西,还是那句话,我这也是没有办法的办法。毛四说,你多担待着。

你让我怎么担待?我现在一个人在行动处,小欢却被留在他们家里。我都快疯了,锅里该放盐的时候撒下的却是糖。

你就不能把眼睛放敞亮一点?不要让人觉得是一路去奔丧。毛四其实一直不怎么习惯江枫的满脸忧愁。

兄弟,我将近三十年没动过的脑筋现在转得跟陀螺似的，你让我敞亮一点，可我原本就是一个木头，现在却要揉捏成一个要方是方要圆即是圆的面团。我那点小聪明早晚有一天会露出尾巴。

做内线，就是这样，这你得适应。毛四说。

好吧，那小欢怎么办？

只要你没事，小欢就不会有事。毛四虽然这么说着，话音却缓和了许多。又支开话题说，你现在的嗓音怎么这么响亮？简直比我爹还任性。

废话，要是把你一个人扔进狼群里，你能不声不响地杵着？

不能光站着，要趴下装死。

好吧，那就装死吧。早晚有一天，我这把骨头会在荒郊野外被狗吃掉。运气再好也是慢慢腐烂，变成一堆肥料。江枫的愤怒，让他的头发都有点儿像竖了起来。

我说你可不可以不要这么婆婆妈妈？我也是每天提着刀尖走在人群里，难道这件事的使命就没有你的忧愁重要？你以为我只是为我哥报仇？

可是你有没有想过,小欢每天一觉醒来,身边却没有一个亲人?

那你是她的亲人吗?你不过是她在杭州时的房东。

沉默了很久以后,江枫一字一顿地说,她是我的女儿。

望着江枫坚定而又有些吓人的目光,毛四这时终于扭过头去,也是很长时间不再吭声。

那天的后来,毛四盯着江枫的肩头说,既然上了一回山,就砍点柴再下山吧。贼不走空,何况我们不是贼,我们所做的一切都是为了赶走贼。

那时,江枫面朝狭长灰暗的天空,声音虚弱得像是自言自语道,《红楼梦》里是怎么说的?假作真时真亦假,无为有处有还无。

江枫的话音刚落,天像是骤然黑了下来。

事实也的确就像一场辗转的梦。在特工总部的最初一个礼拜里,江枫常在半夜醒来后恍然不知自己身在何处。很久之后,他才会回过神来,楼道里偶尔响起的脚步像是来自另外一个世界。于是，先是孤苦的小欢，再是五月和安娜，之后又到了苏东疾和毛四，那么一大堆的人影，就在他干涩的眼里像一群鱼儿般在水草间进进出出。

望着四周空洞的墙壁，他顿时觉得恍若隔世般的炎凉和荒唐。

特别行动处其实不是在76号特工总部院内，而是在不远处的斜对面，极司菲尔路55号。

同葛振东的头一次交谈，江枫却感觉到了这个男人身上的温良和善意，虽然，他那时其实一直绕着葛振东走，因为在他毫不含糊的记忆里，这个西装得体的男人既是毕忠良的贴身保镖，也是当初杀死坦克的凶手。

在行动处食堂灶披间外的屋檐下，葛振东俯身对着低头洗菜的江枫说，菜花兄弟，这些事该让他们来做，你是毕先生的亲眷，不必事事亲为。

江枫抬头，不知所措地笑。

来了这么多天,也没能跟你说上话。都是自己人,有什么事情,你直接找我就是。葛振东又说。

江枫于是站起身子,在围布上擦了把手说,忙惯了,停下来也手痒。再说闲着也是闲着,总不能每天搬条凳子晒太阳。

兰芝嫂子说得没错,你就是一个实诚人。葛振东说,不过,食堂里的那些琐事你可以少做,只管毕先生的饮食就行。他的胃口好,我们行动处的运气就好。毕先生经常夜里审讯,你倒是可以为他准备点宵夜。

江枫点头道,那我就晓得了,葛队长。

那天临走前,葛振东目光真诚地说,你女儿的那只手臂,真是可惜了。但能有这么懂事的孩子,就是你的福气。

不过,人总有不如意,缺憾未必不是好事。葛振东从裤袋里掏出一个方盒说,这把剃须刀送给你,男人把胡子刮干净了,会显得精神点。

江枫双手接过盒子,一时竟窘迫得无语,只是目送他高挑的身子踩着锃亮的皮鞋远去,像一棵移动的修长的水杉。

自打江枫离开愚园路后,小欢几乎每天坐在门廊外的花岗岩台阶上,在冷风中拢起袖口微曲身子,一声不响地望着不远处的铁门。

这孩子,是在想她爹。吴妈向刘兰芝使着眼色轻声道。

你怎么又坐地上了小欢?这么寒的天,是要着凉的。刘兰芝上前心焦地说。

这倒不碍事,乡下孩子坐惯了,屁股上有七粒火的。吴妈说。

那天,江枫收拾行李说是要去特工总部时,小欢当着刘兰芝的面按住了心头的喜悦。那我这就去收拾衣服。小欢说。

你暂时不用去,毕忠良放下手中的紫砂杯说,在家多住几天。

为什么?小欢在半路中停下转身,眼光中有着失望和委屈。

在家陪着你姑姑，好不好？毕忠良倾身，言语和蔼地说，你姑姑很欢喜你的。

听姑丈的，小欢。江枫上前搓了一把她的头发，手掌落下时，两个指头顺势捏了捏她的脖子，又背对着毕忠良对小欢眨了下眼。

吴妈打开门锁，江枫撑着黑伞停滞片刻后回转头来，目光中像是收藏了很多的言语。再次抬腿后，他便跟随毕忠良的脚步消失在铁门处。冬至夜雪后的这一场细雨纷飞中，未及身后的刘兰芝开口劝慰，两串热泪便从小欢闪动的睫毛间夺眶而出。

苏东疾的身影在元旦后的第二天清晨出现在了愚园路。前一天的夜里，当听毛四说起小欢是被独自留在毕家洋房时，他便开始坐立不安，反剪着双手来回走动。

当天上午，小欢跟随吴妈走在买菜回来的路上，远远地看到了法国梧桐树下一双温热的眼，那时，她几乎失声叫出乌云的名字。撒开脚步奔向它时，乌云侧身走到了路边。令吴妈感觉好奇的是，这条陌生的大狗竟然任凭小欢的一只右手在它身上来回抚摸，时间久了，又欢快地摇摆起尾巴。乌云的鼻头伸向小欢的手背时，吴妈神色惊慌地说，小欢，离它远点，担心它咬你。

吴妈后来牵着孩子的手离开了那个路口，小欢一步一回头地凝望依旧站在原地的乌云。乌云的目光柔软而笔直，一直投在小欢娇小的背影上。那时，小欢终于看清了蹲在弄堂口的一个佝偻的背影，只是，苏东疾却始终不愿朝她转身。

这天的后来，小欢透过寓所的铁门缝隙再次见到乌云时，乌云朝她站起身子，两只前腿扒拉在门页上，嘴里哼哼有声。

吴妈一阵惊叹道，这孩子也真是神奇了，连一条流浪狗也这么跟她合得来。怪不得那天会追寻着一只野猫跑了一顿饭的工夫。

莫不是真有慧根的？既然如此，刘兰芝说，吴妈你何不打开铁门，要真是一条没有主人的狗，就让它进来?

毕忠良对家中突然出现的这条体形高大的狗不置可否。虽然他打开铁门朝它往外挥手时，狗会通情达理地踱步离开院子走远，但没过多久，它就又折回身，趴卧在门口处的屋檐下了。

当晚，小欢当着家人的面给狗取了个名字。就叫它乌云吧。小欢转动脑袋，张大了眼睛说，你看它全身的皮毛黄褐色，只有这背上一团黑，像是驮着一片乌云。

那时，连毕忠良也听呆了，一双眼盯住小欢看了很久。吴妈站在刘兰芝的身后，嘴里不住地啧啧称奇。刘兰芝的眼后来和毕忠良有过一次交接，毕忠良能明显感觉到妻子眼中浓稠到化不开的甜，虽然，这一缕温热又瞬即被一丝忧伤所覆盖。

应该是一条良种的德国牧羊犬，体形这么好，又是黑亮的鼻头和眼珠，毕忠良起身说道，如果不是因为清瘦，跟我们单位的那些军犬有的一比。

两天后，毕忠良和小欢在回廊的尽头处给乌云搭了个小窝。吴妈将剪好的一块毯子盖上后,小欢说我要写上几个字:乌云在此睡觉。刘兰芝乐呵呵地说,你还能写这么多的字?那不是比你爹更厉害了。

小欢的心头悸动了一下,她顿时想起江枫那天跟刘兰芝说过的话:信是托人写的,我是还没写上两个字笔尖就要掉到桌子底下的。于是又抬头道,姑丈,可不可以你教我写?

毕忠良捧着紫砂杯子一阵欢笑道,写写写,姑丈这就教你学着写字。

两人在桌上一笔一画地写字时,身后的刘兰芝双目莹莹地看着。寂静得灰尘落地都能听见声音的客堂间里,两天前当着毕忠良的眼流露出的那丝忧伤再次在她心头浮起。

早在民国二十一年时,毕忠良还是十九路军七十八师一五六旅的一个少校营长。"一·二八"事变的当天,病床上待产的刘兰芝是在耳闻着远处马背上传来的蔡廷锴将军一番慷慨激昂的战前训勉声中昏厥过去的。醒来时,医生和护士跪趴在她的床头悔恨交加,一阵鸡啄米似的磕头道歉说,我们对不起毕营长,他带领部下在上海街头冲锋陷阵,我们却在炮火声的慌乱中用错了药,让你的孩子夭折了。

此后,刘兰芝一直不孕。

五年后的"八一三"淞沪会战,上海沦陷前的十一月初,参加苏浙抗日别动队的毕忠良在一天深夜里从九大队的青浦战场上仓皇逃脱。面对家中满脸惊诧的刘兰芝,毕忠良双目决绝地扔出一句冰冷的话,说,抗日没有前途了,与其求死不如求生。

那时,刘兰芝不禁想起多年来一直不敢触碰的一句话:忠良无长寿,奸佞活千年。孰是孰非,是祸是福,她顿时感觉周遭如一团泼墨般的迷雾。

这一年的平安夜,刘兰芝平生头一次去了教堂。踩着唱诗班的乐曲声,她独自走到一张达·芬奇油画的复制品前,停留了很久。画中的马利亚怀抱活泼可爱的圣婴,手拈鲜花,慈祥母性的眼光中流露着幸福喜悦的微笑。

那天,葛振东带着小欢和乌云走进江枫的宿舍时,江枫也正对着字帖练字。在他身旁的地上,飘满了一页页五花八门的稿纸。

捡起江枫桌上已经写完的一页字,葛振东随口念道:月落乌啼霜满天,江枫渔火对愁眠。姑苏城外寒山寺,夜半钟声到客船。

不错嘛,菜花兄弟,这才几天啊,你的字就练到了这个份儿上。葛振东赞许有加地说,"霜满天"和"姑苏城"六个字写得顶好。不对,还是这个愁字最有韵味。

小欢眼见着江枫干净的下巴便一阵惊喜,几天没见,爸你年轻了许多。又叫喊道,爸,你看我捡了一条牧羊犬。

乌云随即抬头对着江枫汪汪叫了两声。小欢却说,乌云,该叫爹。

乌云歪斜着头,在房内嘤嗡有声地转起了圈子。

是毕忠良带小欢和乌云来的55号特别行动处，他有意想让总部的驯犬师来训练一下乌云。对他的这个主意，刘兰芝颇为赞赏。

这一天，小欢和乌云都留在了55号特别行动处里。白天，她和江枫一回到房里就有说不完的话。她告诉江枫，乌云是苏爷爷带着来愚园路的，毕忠良这几天在教她写字，刘兰芝带她去了一次教堂，又去了一次人山人海的证券交易所。江枫只是听着，一直小心翼翼地避免和她提起安娜。

等到夜里，小欢才说，我这边的情况该说的都说了，现在轮到你说你这边的了。

我这边的什么情况？江枫问。

当然是安娜的消息呀。

安娜没有消息。江枫说。

江枫头一次去审讯室给毕忠良送宵夜是在一个停电的夜晚，那次，他准备了一碗热腾腾的诸暨次坞打面，金黄色的雪菜，又卧了一个荷包蛋，加了几片卤牛肉。为了保温,江枫用两条毛巾盖住菜篮中的面条,在一名特工的带领下,一路打着手电走向地下室的尽头。

毕忠良站在墙上一排蜡烛和地上的几盏油灯间,镜片上还残留着两滴还未风干的血。眼见着江枫走进潮湿的光影后站定,毕忠良一把摘去手套,拖着长长的黑影向门口走来。江枫也就是在这时看清,吊在刑架上的犯人,垂挂的双腿下,是几根刚被切下的手指。打手用铁链牵住的一条狼狗,正在地上吧嗒吧嗒地舔着一摊新鲜的血。

那天的最后,毕忠良从皮椅上站起,双手捧碗,仰首喝完了所有的面汤。真当不错,毕忠良接过江枫递上的毛巾,一把擦去嘴角的油迹说,油而不腻,柔柔的又特别筋道。上海的阳春面,今后我是不想再吃了。

回去的路上,江枫对走在前面的那名特工说,我这一夜都睡不着了,这要是一个女的,还不早就断气了?

这还是前期的刑讯,我们这边基本都是对付刚抓的。他要是能忍着不招,过两天就送去斜对面的76号总部,关押着,慢慢审。一条不归路哦。那名特工回头向他说道。

那还有可能出得去吗?

有这种可能,比如说长上一对翅膀飞出去。再有一种可能,就是拖出去枪毙。

记住,在特工总部,能够自由进出的只有老鼠。

江枫有一次在六大埭菜场见到毛四时,毛四说,安娜要想出来,还有另外一种可能。

我知道,就是拖出去枪毙。江枫说。

你帮我们绑架了毕忠良,我们再用他去跟76号交换出安娜。

江枫清楚,毛四那时只是在提醒他该做的事。

能够去斜对面76号特工总部的只有乌云。葛振东将要带它去军犬训练班的那天,小欢将乌云偷偷牵到一个角落里,手指戳着乌云的头说,记住了,乌云,要是你跟那边的狼狗交上了朋友,那你就是汉奸,谁也不理你。

十天后,葛振东带着乌云悻悻然地回到了55号。它没法在那边待下去,葛振东说,掌握动作的速度倒是非常快,可它太不合群,一见到其他狼狗就双目喷火。最多的一次,那边的四条狼狗将它围住,可它还是毫无惧色,一个劲地往前冲,差点就挣脱我手上的铁链子。

毕忠良摸摸乌云明显抬高的后臀,眉目喜悦地笑着说,毕竟是伙食好,身上健硕了许多。这结实的皮肉,有劲啊。

改天你带它去打猎,咱自己练。毕忠良抬头对葛振东说。

那天,葛振东冷不丁朝着树林中开了一枪,乌云便像一支箭一般,嗖的一下冲了出去。没过多久,乌云就叼着一只温热的野兔直奔回来。看着受伤带血的兔子渐渐垂下双眼,小欢悲愁怜惜地说,为什么要开枪?

这是训练乌云的灵敏度。葛振东说。

我知道,葛叔叔,你也是因为喜欢乌云,所以才对它这么好。你对我们都好。

有一段时间里,我总觉得和你们似曾相识。后来想想,因为我们也算是老乡。葛振东说,我和我的女友也都是杭州过来的。

原来这么凑巧。那你女友叫什么?

告诉你你也不认识。她姓汪,和你一样,一双大眼水汪汪的汪。

那阿姨肯定长得非常美。小欢说。

江枫在几步开外怔怔地听着。

会开枪吗?葛振东转身问。江枫瞬间醒悟,摇头说,哪能呢?枪都难得见一回。

那你今天可是碰见师父了,葛振东说,免费教你,包学包会。

掏出袋里的折刀,葛振东削去了树上的一块

皮，跟江枫说，来，就打这里。

两人一同走到几十米外后，葛振东抬起子弹上膛的枪口说，看好了，枪管摆平。照门、准星、目标处的树皮，三点成一线，扣动扳机，然后射击！

乓乓乓，连着三响。子弹射出后，树皮的凹陷处即飞扬起一阵木屑，三颗子弹深深地扎入树身。这就叫指哪儿打哪儿。说话间，葛振东转了一个身，双目犀利地又射出了一粒子弹。

葛振东将手枪交给江枫时，江枫像是抓住了一块滚烫的铁。葛振东压住他的肩，指着远处的树身，手把手地教他。

调匀呼吸，脑子安静，眼里盯准目标，三点一线。葛振东说，准备好了吗？

江枫怯怯地点头。

那就开枪啊。葛振东微笑着说。

扣动扳机时，江枫的枪口却朝着树梢胡乱送出了子弹。

整整一个下午，葛振东换了好几个匣子的子

弹，江枫硬是没能打中一枪，哪怕只是树身上的任何一个位置。

有这么难学吗？葛振东一阵嬉笑道。

我这双鸡爪一样的笨手，只配烧烧面条。江枫沮丧地说着，欲要将枪送回葛振东的手里。

不，你还得练。这把南部十四，就送给你了，葛振东说，哪天学会开枪，你才更像个男人。男人有枪，可以防身，也可以杀人。

小欢不禁皱紧了眉头。

当晚，小欢在房里问起，江枫，你今天打枪时有点心不在焉。

江枫对着窗外一阵沉默。他那时清晰地记得，葛振东紧贴自己的耳边教习时，他的眼里却始终定格着仙乐斯舞宫前的那一幕：葛振东牵着一个女人，镇定地走向远处的小车。她是姓汪，葛振东又说。

你在想什么？小欢扯扯江枫的衣角。

我在想，或许我只配玩玩弹弓。说完，江枫举起手中的弹弓,只是在一刹那间,便朝着窗外的路灯射出一粒石子。啪嗒一声,灯泡碎了。

指哪儿打哪儿,江枫像是意犹未尽地说,谁说杀人必须用枪?

再次见到汪五月是在新新公司的六楼大厅。那天葛振东邀请刘兰芝赴宴,刘兰芝便一起叫上了江枫和小欢。电梯里,江枫听见葛振东对刘兰芝说,今天是个特殊的日子,我跟她认识正好一年。

新新公司的餐厅气派而且热闹,有个女人的歌声在广场一样的大厅里飘荡。小欢那时候一阵惊诧,等她转身望向江枫时,见到他竖立在人群中,像根光秃秃的木头一样。

刘兰芝笑了,指着前方的玻璃罩墙对小欢说,看那边,歌声是那里传来的。

钢琴的乐曲声终了,款款走出播音室的那一刻,汪五月在众人的注视下站定了很久。虽然掌声跟浪潮一般起伏,她却觉得是被孤零零的扔在了一场冷风中。她已经看见跟葛振东坐在一起的江枫和小欢，好像跟影子一样不够真实，于是一双腿开始不知道该朝哪个方向挪动。

在江枫的记忆里，那天汪五月走向自己时，时间显得特别漫长，漫长到令人窒息。

毕先生好，嫂子好。汪五月走到桌前，轻轻地点了点头，躲闪的目光显得无处安放。

小欢将手盖在江枫的膝盖上，说，爸，阿姨真的很漂亮。

葛振东即刻站起身子道，珍妮，这是嫂子的兄弟刘菜花，还有他女儿小欢。又对江枫说，菜花兄弟，之前同你说过的，她其实是叫汪五月，水汪汪的汪。

江枫什么也没听清楚，只觉得耳畔一直嗡嗡回响，好像整个人沉入了水底。

小欢暗地里推了他一把，抬头又说了一次，阿姨真漂亮。

汪五月望着小欢左手的袖口，沉默得能够听见自己的心跳。她并且看见葛振东杯里的红酒，一直在灯影下晃荡。这时候她又遇见了江枫的目光，江枫盯着她的手，她现在戴着的一只手镯是纯金的，比琥珀亮堂了许多，闪着刺眼的光芒。

汪五月不由自主地转过身去，她看见挂在墙上的自己的照片，突然显得那样的陌生。

回去的车上，汪五月一直沉默，她不愿去想，江枫怎么就成了刘菜花。独自上楼后，她恍恍惚惚地陷在了沙发里，任凭往事在心头不住地翻滚。直到葛振东的车喇叭在楼下响了很久，她才跑向窗口，挥手向他告别。

再次想起离开杭州前拱宸桥上的那个夜晚，汪五月不禁在记忆中的那场夜风里抱紧了自己。她想，自己现在是越来越怕冷了。难道是因为孤独？

汪五月真正开始恐惧，是因为突然想起了属于毕忠良和葛振东的特别行动处。那时，她才感觉眼里到处都是飘浮的血光，仙乐斯舞宫的门口，头顶的枪声如同离开秋天枝头的落叶。很快,那一晚地上的几具尸体,仿佛就躺在了自己的脚下。

那天,江枫和小欢是在新新公司的门口上了一辆黄包车。车里闷,我们坐这个反倒凉快,江枫对刘兰芝说。

一路上,两人各自望着眼前后退的街景,谁都不知如何开口。小欢后来移到江枫的怀里,安静地说,你抱一抱我。那一刻,她将整张脸深深埋进江枫的肩头。

正要在55号的门口下车时,后面驶来的三辆黑色小车将黄包车围在了中间。江枫看清,那是毕忠良和他的两辆护卫车。车门打开后,两个黑衣特工整理着衣衫朝他们走来。小欢顿时抱紧了江枫的身子。江枫睁着一双无助的眼。

刘师傅,毕处长说能不能让你女儿今天住回到愚园路那边去,夫人想有人陪?随从在车前站定后说。

面对着黄色车棚下幽暗处纹丝不动的江枫,

脚步落地后的小欢，在路灯下依依不舍地望了他很久。

江枫有很长一段时间不再刮胡子，以至于毛四那天在六大埭菜场找上他时，垂头哭丧着道，你这个厨师怎么让韭菜疯长到了自己的脸上？

放我一马吧，我想回杭州。江枫说。

毛四一脸愕然。

你们不会有机会。除了葛振东，毕忠良进进出出，随时都是一大帮的护卫，你甚至不知道他坐哪辆车。你不知道他房前屋后多少人在巡逻和埋伏。

说起葛振东，江枫觉得像是一个遥远的名字。

这才是我们需要一名牢靠的内线的原因。毛四说，我们有耐心等。

你这么想他死，还不如干脆给我一包老鼠药，我在他饭菜里下毒。

开什么玩笑？毛四讶然地说，那样你和小欢还能走出他的行动处？还能离开上海？

我倒是无所谓，江枫说，我只希望小欢能早日见到安娜。

毛四蹲到墙角处，双手捂脸，一筹莫展。对于另一个阵营的共党分子安娜，他其实也没有更多的消息。

会有机会的，毛四后来说，很多事情都是在等的过程中出现转机的。

这话你自己能相信吗？

但我们起码要有信心。毛四抬头对着天空说，上海不会永远这样阴霾，我希望你能和我一起相信。上海是我们自己的，中国也是。

江枫不声不响。

回去刮一刮胡子吧。毛四又说，连苏东疾一把年纪还在等待胜利的那一天呢，他要去黄浦江上放鞭炮。

小欢再次回55号特别行动处的次日，江枫趁着买菜的时间，带她去了一趟法租界。在萨坡赛路上的一块曲柳圆木门牌前，两人站定了脚步。木牌上拓着一个红色的掌印，衬以一排娟秀的字体：公董局小手掌孤幼园。

两人推开院门时，长发蓬松的叶老师恰巧捧出一盆清瘦的文竹，正要将它安放到这天清晨渐已辽阔的阳光下。

在同福里隔壁菜场的那次见面，叶老师就将孤幼园的地址告诉了江枫。

小欢朝着叶老师一步步地靠近，那一刻，透过阳光下的尘埃，她清澈的双眼仿佛是见到了久别重逢的安娜。蹲下身子的叶老师茫然间抓住小欢左手的袖口，眼角的泪光闪动时，一把将她抱在了怀里。

小欢，阿姨每天都在想你，但却一直不敢见你。

阿姨对不住你，向你道歉。叶老师又说。

小欢静静地流着眼泪，说，阿姨，你头发上的香味就是我妈妈的气息，我只有在梦里才能闻得到。

在两人的拥抱中,江枫泪流满面地转过身去。

那天的后来,满眼焦虑的叶老师忧心忡忡地说,怎么可以这样,你为何不早点告诉我?实在是太危险了。

我只想让小欢早一天见到安娜。江枫说。

有些时候,说出秘密其实更加残忍。叶老师揪心地说,现在只有一个办法,和安娜一起被捕的还有我们的另外三位同志。他们都很坚强,一直和汪伪政府的76号特工总部无声地战斗着。我们得到的情报是,再过几个月,特工总部可能会把他们一起送往南京关押审讯。那么,囚车在去南京的路上,就是我们不可错过的一个营救机会。

需要我怎么做?江枫急切地站起身子道。

设法得到押送他们的囚车去南京的准确消息。既然你已经成为军统的一名内线,那么就要永远记住,在抗日阵线联盟中,你是一把悬在空中的尖刀,你的情报,也能够助力我们中共将刀尖深深地插进他们的心窝。

那一刻，江枫望着叶老师肩头随风飘扬的秀发，感觉眼前的世界从未如此敞亮。

两人说话的时间里，小欢走进孤儿院的一间教室，和其他孩童一起，跟着老师学会了一首儿歌。临走前，叶老师将一支小口琴送到她的手里。

小欢，这是妈妈留给你的。想她的时候，就把这支口琴吹响，妈妈无论在哪里都能听到。叶老师那时的眼里，像是流动着喜悦和伤感的音符。

还没回到特别行动处，小欢就在半路上掏出袋中的口琴。搁到嘴边时，她用左手的残臂顶住琴身的另一端。几个短促的音符于是在江枫的耳边一高一低地响起。

在江枫的记忆中，这是一个空气清新的上午。小欢的头顶，有着一片毛茸茸的阳光。

前方的不远处，跳跃的乌云像是已经在街口等待了很久。它吐着舌头，弹跳腾跃，嘴里发出咻咻的声音，精力旺盛得像一匹发情的种马。

那段时间里，江枫努力地想将汪五月的名字从记忆中抹去。令他沮丧的是，他越是在心头用力，汪五月的身影却像是离他越近。有许多时候，他猛然觉得汪五月就是他心脏的一部分。

他也有意躲开葛振东，天天系着油腻的围裙，在烟雾缭绕如寺庙一般的灶披间里来回奔走，直到将自己熏烤得浑身上下大汗淋漓。

但中秋节的那天早上，葛振东还是出现在灶披间门口的烟雾中，像从天而降的神仙。

葛振东举着双手在鼻子前痛楚地挥扇着，双眼迷离地说，嫂子打电话来说晚上一起去她那边吃饭。我想了想，还是去我那边吧。我和五月要订婚了，想让她和毕先生做我们的证婚人。

哦，那是挺好。江枫扭头，甩去一把额头的汗珠说。他突然觉得自己的力气，像皮球漏气一样突然一下子漏光了。

你写个菜单，我这就让手下的人去采购。晚上你掌勺。

我就不去了吧。江枫嗫嚅着道。

别磨磨蹭蹭的，你要不去，嫂子就要怪罪我了。她也带着小欢一起。

要不让小欢来我这边吧，我来带着她。

我都懒得理你，你就不能像个男人，痛痛快快地答应一次？回头我让人来取菜单，今天就全靠你了。

走了一半，葛振东又折了回来，说，忘了问你一声，小欢喜欢什么口味的月饼？

我们乡下人，没那么多讲究的，什么都行。江枫将一句话完整地说完。

葛振东在傍晚时分开车载着江枫来到自己家的门前，那时，房子的四周已经站立着几个特别行动处执行安保任务的特工。毕先生比我们早到了。葛振东指着远处的几辆小车说。

车门打开时，小欢立即从里面欢快地冲了出来，像一股微小的喷泉。

进屋后,小欢抬头对着江枫说,爸,姑姑都不敢相信,灶披间里的那张菜单竟然是你写的。

那是,葛振东迎向满脸笑容的刘兰芝说,嫂子你不晓得,菜花兄弟每天都在那边练习写字。我问他你一个烧菜的写什么字啊,他说枪可以不会打,但字要是再不写,到时候连女儿也赶不上了。

毕忠良在一旁会心地听着,自从开始教小欢写字,这孩子的进步也令他很是欣喜。唯一的遗憾,就是小欢的字体如果仔细去看,总是稍稍往右上方抬起。毕忠良清楚,那是因为她的左手难以压稳宣纸的缘故。

一身簇新旗袍的汪五月总想走在江枫视线的角落里,虽然,江枫其实并不敢往她身上看。与刘兰芝略微寒暄几句后,江枫便朝着灶披间走去。

汪五月是在江枫剖鱼的时候被刘兰芝推进灶披间的。刘兰芝喜悦地说,你这就要成家了,是不是也跟我们菜花兄弟学两手?你听我讲,男人的胃拴住了,心也就给拴住了?

我这还真是学不来。汪五月赤红着脸,脚尖虽是往前细挪着,身子却是一个劲地往后靠。

江枫转过僵硬的脖子回望时,剪刀的刀口便扎进了左手的食指里。那一刻,汪五月眼见着他将一只手浸入水盆中,让指头间溢出的血和鱼身的血溶到一起。

汪五月不敢再看,转头遮住刘兰芝的视线说,嫂子,都忘了给你看我舅舅从美国寄来的照片了。

走出灶披间前,汪五月在门口回过一次头,那时,江枫也正好转头。两人于是这才有了一次眼光战栗的碰撞。就这一眼,让汪五月觉得,江枫的心头其实藏了很多话,他只是不愿意说出口。

于是,杭州拱宸桥附近的那些点点滴滴,便如同掉落在水池中的墨汁一般,在心口间千般万种地幻化开来。一直到江枫开始在锅里炒菜时,汪五月才独自回到灶披间,四顾后静静地说,我似乎能想出你去他们家当厨师是为了什么,但你能不能答应我,我们都要平平安安地活着?

我说的还包括振东，汪五月停顿后又说，他是好人，他不能死。

江枫停下手里的铲子，却没有勇气转身。

这一次，你就顺从了我的心意。汪五月说，振东今天就要和毕忠良开口，他愿意为了我离开上海，带我去美国。

江枫不声不响，但是炒菜的手没有停。

汪五月把那只断口的琥珀手镯摆在了灶台上，她说对不起，但我不是故意的。

其实我们都不是故意的，江枫收起那截琥珀说，谢谢你还留着它。

替我向苏先生问好。汪五月把话说完，垂头转身后正要离去时，却望见了门口一直注视着自己的小欢。

阿姨，我们在杭州等了你好久。后来，我妈妈也不见了。小欢的睫毛在脸上洒下一片阴影，说，身边的人越来越少，杭州变得不像是我们的家。

那天一桌人围着吃酒夹菜时，刘兰芝将两张照片递到毕忠良的眼前。说，这是五月的舅舅从美国旧金山那边寄过来的，这一张呢是金门大桥，那张是上个月刚拍的，舅舅家新买的乡村度假别墅。金门大桥四五年前通车的时候，舅舅就让五月过去美国，可惜她那时一直下不了决心。

葛振东举着杯中一勺浅浅的红酒，期待着毕忠良的回应。因为是中秋，又是在自己家里做东，他破例给自己倒了点酒。

这也倒好，五月没去成美国，就让咱们振东给撞上了。都是杭州人，却在上海修来了缘分。

这回，舅舅又在催，五月是有点动心了。刘兰芝对着眼光放在远处的毕忠良说，但他们俩又不知如何向你开口。

毕忠良将目光收回到桌上，点点筷子说，还是先吃菜吧，趁热。那个，菜花，给我来个辣椒酱。

江枫正要起身，汪五月拦住道，还是我来吧，你不知道放哪儿的。

刘兰芝后来的话题说到了自己的股票上,自从汉口路上的证券大楼恢复营业后,她就一直没少亏过钱。每个户室里,人群都挤得像沙丁鱼一样。原本是想给小欢赚点买衣衫月饼的钱,这不,又是连着三个跌停板,抛都抛不掉。刘兰芝怨声说。

嫂子,这股票和黄金真不是散户们可以光靠脑子买进卖出的。葛振东说,那些说得头头是道天花乱坠的经纪人,都是对买方的价钱报高一档,对卖方的价钱又报低一档,暗地里两头刮油水。你要是进了冷门股,开出来的都是瞎眼行情,之前交头接耳的那些小道消息一夜之间找不到出处了。

是这样的,汪五月说,我听那些同事说,汉口路和九江路的头顶是五官四肢并用,眉毛眼睛一动都是暗示,幕后的黑手,吃盘子神鬼不知,根本不露痕迹。

说吃盘子那是客气的,我看他们就是吃人,连骨头都懒得吐的。刘兰芝愣着双眼说。整条金融街都这么说的,幕后的黑道首先是那些多头公司、空头公司，每天的唱多唱空就看他们起床后的心情，翻手为云覆手为雨。更高一级的是那些个上海闻人和工商巨子，反正手头有的是筹码。今天收，明天吐。等到你以为踩准了他们的脚步时，对不起，摸摸自己的腰包，早就已经叮当作响了。这最后一派嘛，就是和你们76号有关的公馆派了。刘兰芝顿了顿说，指的就是"财政部长"周佛海和"中央储备银行"的副总裁钱大櫆。

你就不能少说点？毕忠良眉头不悦地说。

嫂子，你也别为这种烦心事费脑子了，把钱交给毕先生打理就行。葛振东解围道。

我才不要那些昧着良心的钱。刘兰芝说，反正闲着也是闲着，这点钱我自己做主就行，每天也还有个事情记挂着。心态摆平不去心痛就好，就当是消磨时光喽。我又不像那些扭来扭去的太太小姐，天天坐在麻将桌上，人前人后，你长我短、说东道西的。一件小小的家事，说不定第二天就全上海都知道了。那种场合，我现在是连去都不去的。

毕忠良拿起口巾擦了下嘴角,站起身子道,酒也吃得差不多了,是不是该赏月了?话没说完,步子已经差不多迈到了门口处。

月上柳梢头,这花前月下的你侬我侬,是你们年轻人的福分喽。坐在院子里的毕忠良,在一棵桂花树下掏出一根雪茄说,一到中秋,就感觉一年的时光又要走远了,怪不得有伤秋这说法。

说得清清凉的,刘兰芝瘪着嘴角说,也不想想今天是什么日脚。

好,那就听你的,说点愉快的。你把那对镯子拿出来。毕忠良咬着嘴里的雪茄道。

刘兰芝摸出袋中的一对手镯,在明朗的月色下,将两个金灿灿的圆环套进了汪五月那双白皙的手腕,妹子,这是我们的一点心意。祝福的话,留给他来说。

葛振东和汪五月顿时不安了起来,两人唯有相互牵手,拘谨地站着,全然不知感谢的话该从何说起。

都这么多年了，祝福的话都留在心里吧，说出来反倒觉得言不由衷的。毕忠良使劲地闻了一把头顶的桂花，说，这金桂可真是香啊，沁人心脾。又心事坦荡地转过头来说，五月，跟你商量件事情。

还没等汪五月回过神来开口，毕忠良就接着说，过了今年的这个春节，再定个时间去美国可以吗？到那时，我就把振东兄弟完整地交给你，一根毫毛都不少。

葛振东赶紧接话，声音起伏地说，先生，我都听您的。其实，跟着您这么多年，我都已经习惯了。这几天里都在担心，一旦去了美国，我什么都不会呀。

也别这么想，毕忠良说，虽然珍珠港事件后那边也不见得安宁，但总有一点比上海好，他们的战火不烧在自己的国土上，身后也没有随时射来的子弹，你就不用像现在这样，每天跟着我担惊受怕了。

想一想，过过普通人的生活有多好。毕忠良又说，但愿有一天，我同你嫂子能去美国看你。我们带上小欢，你说可好？毕忠良侧倾过身子，向刘兰芝征询道。

好，你说什么都好。刘兰芝动情地应承道，又突然叫起来，呀，小欢呢？小欢没出来吃月饼吗？

那天的后来，蓝色的月光像湖水一样打在各自的肩头，清爽的微风停靠在桂花树的枝头，周遭秋虫呢喃。就在这样一个宁静的院子里，刘兰芝从屋内的江枫身边叫来小欢，让她给众人表演一个节目。头顶着那一轮入夜后的圆月，刘兰芝兴致很高地说，你们仔细看，吴妈说小欢和隔壁小孩刚学了一首儿歌。

事实上，刘兰芝并不知情，小欢的这首童谣是那天在叶老师的孤儿院里学的。

节目的开始，小欢蹲下身子，双手安放在脚跟处。随后，她红扑扑的小手像是踩着登山脚步的节奏，在小腿上一寸寸爬升。到达膝盖时，小手做了一次停留。小欢在中途唱出的一句歌词是："我带着小手去爬山,一爬爬到膝盖上。"

小欢又渐渐起身,手指跳动到腰间,嘴里唱道:"我带着小手去爬山,一爬爬到腰上。"

"我带着小手去爬山,一爬爬到肩上。"小欢的手出现在了肩膀上。

"我带着小手去爬山,一爬爬到头顶。头顶到处是阳光,小手暖洋洋。"

小欢的手最后在头顶舞动时,在汪五月和刘兰芝的眼里,小欢头顶桂花树的树叶也就是在那时开始暗影浮动。

汪五月突然转过身去,因为刚才的那一幕,小欢升起的左手想要努力地去够到头顶时,她的袖子却在半空中顺着手臂,整段地滑落了下来。

汪五月看到的,是小欢手臂前端那一截圆圆的肉团。

是毕忠良过来一把抱起小欢,将头埋进小欢的身子后说,唱得真好。这歌,咱以后只唱给自己家里人听。

毕忠良原本是站在小欢身后左侧的。小欢的歌才唱到第二句时,望着那截空空下垂的袖口,他就陷入了一种汹涌而来的伤感中。

1942年的10月17日,是上海滩一个平常的日子,要说有什么不同,就是这一天的下午,汉口路与山东路的十字路口,发生了一场激烈的枪战。

日军占领租界后,开始实行夏令时,上海人的时钟就被拨快了一个钟头。这天下午的5点一过,证券大楼停止营业后,公共租界黄浦江畔自北向南的南京路、九江路及汉口路上即车流堵塞,人满为患,喇叭声及吵闹声响成一片。

刘兰芝在汉口路上扒开双手,顶着西向的人流左右避让。一直走到交通银行大楼的门口,她才见到了毕忠良的那辆小车。季节已经入秋多时,虽然是脱下了罩衫仅留一件无袖的旗袍,但这气喘吁吁的一路上,刘兰芝却依旧在奔走中落得个大汗淋漓。

出门碰见个大头鬼，刘兰芝上车后愤愤地说，今天又是大跌，前两天赚来的钱又还给他了。车厢里却并没有人与她答话。刘兰芝轻揉着脚跟处的玻璃丝袜，抬头四顾，原来除了司机，毕忠良并没有在车里。

夫人，毕先生在楼上事情还没有忙完，他让我先在这里等你。司机回头说。

此前的一天，刘兰芝踩着高跟鞋一瘸一拐地来到55号特别行动处时，正好碰见了在门口晃荡的江枫。两人来到毕忠良的办公室后，刘兰芝身子还没坐下就一阵抱怨。原来这天的股市休市后，因为叫不到祥生公司的出租车，她于是硬着头皮挤了一回电车。恶心的赤佬，刘兰芝气愤地说，竟然有人想吃我豆腐。

江枫在当晚找到了在秋风渡石库门里住着的毛四，关门后他说，毕忠良明天下午去汉口路的银行里办事，要等到股市休市后才能返回。

知道是哪家银行吗？毛四问。

江枫摇头，说，毕忠良说话的时候，我已经退出走到门口了。

那我们只能在前面的路口堵截，车多人杂，方便我们隐蔽逃离。

记住了，刘兰芝也会在车上，我希望她不要有事。江枫在临走前说。他想了想，又补了一句，她绝对不能有事！

知道了，我这就安排。

17号的下午5点，身着一套洗旧西装的飓风行动队队长陶大春走出汉口路与山东路十字路口的新闻报馆大门。到达路口中央时，他掏出袋中的牛皮纸笔记本和一支黑色圆帽钢笔，在交通亭的门外朝里头的岗警挥了挥手。

警官，我是对面申报馆的记者，想来采访你一下。陶大春进入交通亭后一脸笑容地说。

没看见我在忙吗？负责手动操控红绿灯的交通警双眼不离前方的街道，很是不耐烦。

陶大春猛地上前，一记重拳落在他的后脑处，对方当即不省人事。陶大春又掏出袋里的绳索将他捆绑，一条毛巾硬塞进他的嘴里。

那一刻，一身便装的毛四和另外五名队员已经在路口处分散站定，眼睛始终盯着东向驶来的车流。

一名队员朝着陶大春挥舞起手中高举的衣衫时，陶大春便发现了挤在前方车流中依次排列的三辆相同款型的黑色小车。一直等到走在前头的第一辆车正要接近路口，陶大春才揿下了眼前的红灯按钮。

远处海关大楼上伦敦大本钟的分针移动了好几格，山东路上南北向的车流也已经走了一辆又一辆，汉口路上的红灯却一成不变地闪亮着。第一辆车上的司机把喇叭摁得一阵阵尖响，摇下车窗探出脑袋正欲开口辱骂时，毛四的一粒子弹正好击中他的眉心。随后，飓风行动队队员们又分头射穿了后面两辆车的轮胎。

毕忠良车队的特工一个个低头冲出车门后，枪声大作时，四个街口处的人群便左冲右突地彻底沸腾了。

毛四是在海关钟楼响起"威斯敏斯特"的报刻乐曲时接近最后一辆车的。那时,车厢后排的葛振东一脚踢开车门。毛四一个躲闪,身子尚未站定,葛振东的三颗子弹便在一瞬间将他击中。毛四的眼底是一阵天昏地暗。倒下前的那一刻,毛四的一只眼睛最后望了一下身前打开车门的后排车厢,除了眼里的一抹红晃晃的血光,里头空无一人。他的心头不由得响起一声哀鸣。

江枫到达秋风渡石库门的时候,陶大春叫来的医生已经对床上血人一般的毛四束手无策。葛振东的三颗子弹,两颗是落在毛四的腹部和肩胛处,另一颗,斜穿毛四的左眼。那时,毛四像一头困兽般地挣扎抽搐,透过右眼的一丝缝隙,像是要将牙关咬碎地说,江枫你个赤佬,你的情报不灵的!

毛四紧紧地攥住江枫的手腕,巨大的力道差点将手指抓进江枫的血肉中。直到最后他抽搐一般地踢荡了一下双腿,才慢慢地松开那只虎钳般的手。

可能他对你有误解。陶大春曲跪在毛四的尸体前,像是一片水灾过后荒凉的稻田,眼圈中布满了血丝。陶大春断续着说,他一直想做一个仗剑行走、胸怀大义、为国为民的豪侠。上海沦陷后,自己谋划击毙了变节投靠日本人的亲生兄长。

此后,便认坦克为义兄。

刘兰芝在躲过这一天的刺杀后便深陷在自家的沙发中瑟瑟发抖。事实上,她这一天的后来是被毕忠良叫上了另外一辆车。在花旗银行办好黄金寄存手续后,毕忠良是和送行的银行经理一起下的楼。交谈甚欢时,毕忠良突然提议两人一起去南京路口的新世界饭店喝一杯。经理虽是百般推辞,毕忠良却是始终坚持。

盛情难却下,经理叫来了自己的司机。三人于是坐上了他的车子,紧跟着毕忠良的车队往前行驶。车子经过浙江实业银行和工部局巡捕房,又过了河南路路口的红绿灯，才开了几百米，前方的枪声就响起了。

坐在前排的经理伸长脖子，紧贴玻璃看清前方的事态后，等到枪声停止了很久，才大梦初醒般地急匆匆转头，对着后排一双鹰眼的毕忠良声音慌乱地说，毕先生，你可要相信我，今天这事情与我无关啊。

毕忠良将身子缓缓贴近靠背，抓住身边刘兰芝的手，舒展眼光后开口说道，先别担心，我们会调查的。

但特别行动处随后展开的调查却一再陷入僵局。那天，葛振东在毕忠良的办公室内一句一句地分析说，咱们那天一共去了三家银行，交通银行、花旗银行和中央银行，大楼里见到你的人不在少数。去之前，你分别和几家银行的经理有过预约。而且，咱们在租下各家银行的保险箱时你也都在合约上有过签字。几家银行的经理和办事员都查过了，特别是花旗银行的董经理。大家的陈述虽然无法完全印证，但也确实没发现有什么明显的可疑之处。

要不要让76号总部那边也帮着查一查？葛振东说。

毕忠良即刻抬起手中的雪茄落在半空中，吐出一口烟雾说，这事绝不能让那边插手，不然把我的家底全查出来了……

站起身子，毕忠良又说，我抛掉所有的股票又在各家银行买进这些黄金的事，知道的人越少越好。你这就去总务处问问，我们那天还回去的那笔大额公款到账了没有。

葛振东拉开反锁的木门时，毕忠良又叫了声等一等。葛振东站定后回头，毕忠良双眉紧锁地说，那么你觉得，我们自己人里头，会有内鬼吗？

葛振东回到毕忠良对面的座椅上，凝神回想道，记得那天出发前，我并没有向任何人透露过是要去汉口路。

也不是没有可能性，葛振东又说，三辆车上这么多人,又在那边停留了好几个钟头,中途走开打个电话的时间还是有的。

嗯,就这样,你先去吧。毕忠良挥手说,他又猛地抽了一口雪茄,仰起头,把那堆浓重的烟雾喷向了天花板。

中秋后,小欢和55号特别行动处里的一个女秘书学会了吹口琴。此后的一段时间里,她几乎每天上午都要出去一趟。她还认得了不少人,行动一队的队长陈深、管档案的柳美娜,还有钱秘书……当然,跟她玩得最好的其实是扁头,那个形影不离跟着陈深的上海滑头。

那天,江枫是在买菜回来的路上,见到了贴在76号特工总部院墙外来回走动的小欢。那时,晨风细抚着她的睫毛,乌云就蹲在隔壁的墙角处,竖起耳朵静静聆听小欢反复吹奏的那支乐曲。

江枫在她眼前出现的时候,小欢停下口中的琴声,靠着墙壁蹲下,抬头茫然地问,江枫,妈妈真能听到我的口琴声吗？

江枫郑重地点头，说，可是，你来这边几天了？

小欢抬手指着身边墙壁上刻出的一根根划线说，今天是第九天。

事实上，关押在76号牢房里的安娜，的确在许多个清晨隐约听到一阵悠扬的乐曲声。她能确定，那是口琴声，瘦小的声音应该是来自一个刚学会吹琴的孩子。那时，她的一张脸紧紧贴住铁门望风口处的两根栏杆，急切的目光在视线可及的范围内四处搜寻。到最后，又仰首闭上双眼，像是要将所有的音符在脑海中全部记取。

这一天之前的六大埭菜场里，陶大春带着两名新同伴找到了江枫。

他们刚从重庆过来，陶大春说，只要我一息尚存，坦克和毛四兄弟的使命就还要继续。汉口路上的那场刺杀，飓风行动队原本的六名队员，就剩下眼前的陶大春。

江枫摇头说，还要再继续吗？

是他们已经开始怀疑你，还是你在贪生怕死？陶大春盯着江枫闪烁的眼睛问。

江枫再一次摇头，说，我只是不想你们牺牲更多的同志。我现在每天躺在床上，看到的都是坦克和毛四的一双眼。我身上背负着对他们的债。他们的命没了，你晓得的，这个世界上只有命是最重要的。

血债血还，天经地义。陶大春临走前说，我不信血债可以赖账不还。

这一天的晚饭后，江枫带着小欢和乌云去了一趟叶老师那里。

小欢今天就留在你这里，以后就由你来照顾她吧。江枫说。

叶老师满脸的诧异，惊问道，你感觉自己已经暴露了吗？

这些都不重要。江枫说，我已经从药店里买好了砒霜，今晚就在毕忠良的宵夜里下毒，给所有的人报仇。

叶老师当即起身，神色严厉地说，你以为杀了一个毕忠良，行动处就不会有第二个处长了吗？完全有这样的可能，接替他的人会比他更加狠毒。

这些就不是我这样的脑子可以想得过来的事情了，我不去管那么多。我不过是杭州城运河边一个懒散的凡夫俗子。

那安娜怎么办？你要是被捕了，或是幸运地一走了之了，谁再为我们提供情报？我们又怎样才能设法营救她和另外几个被捕的同志？哪怕是安娜他们不被押解去南京，只要她能活着，有你在里头，就能为我们日后与安娜的联系提供宝贵的机会。

江枫蹲在地上，一双手深深抓进凌乱的发丛中。

那天的后来，叶老师让一位清秀的女同事将一个信封交到了江枫的手里。

认识一下，这位是我们这里新来的小陈老师，上次教小欢唱过儿歌的。

小陈老师的面容皎若秋月，江枫记得，她给过自己一个明媚的微笑，悄然转身后，一双圆口平底布鞋便踏着轻盈的步伐离去。

信件保管好，回去再拆吧。还有，你和小欢不能在这里久留，得赶紧回去。叶老师说。

夜里，江枫在小欢熟睡后才抽出了那张信纸。

信是安娜被捕前留给小欢的，当初就留在那支口琴的包装盒子里。叶老师在临别时这样对江枫说。

展开信，才读了第一句，江枫的视线便开始模糊，继而泪流满面。

我最亲爱的小欢：

此信的开头，叫一叫你的名字，我就泪如泉涌。

此刻，敌人已经赶在前来抓捕妈妈的路上，但请你原谅我如此冰山般的决绝。为了掩护更多的同志撤离，妈妈必须留在这里，强忍住胸口对你无边的思念的痛。

妈妈每写下一个字，泪珠都与笔墨齐下。

我的女儿，但愿你能理解，民族存亡之际，妈妈甘愿牺牲自己，昂首走向酷刑的牢狱和那些未知的明天，但却也从此无比残酷地对你不管不顾。妈妈欠你的一切，哪怕是再活两辈子，也难以偿还。

我的女儿，我最最亲爱的女儿，唯愿你能坚强，在民族痛楚的记忆中成长。用你美丽的双眼，代替妈妈翘首企盼黎明到来前的曙光。撑起你仅剩的一片手掌，迎接头顶胜利到来时的暖阳。

我实在无缘再见一面的女儿，无论何时，只要你吹起妈妈留下的这支口琴，天上地下，我那始终陪伴你的不散的灵魂都将能清楚地听到。

永别了，我在我跳动的心口呼唤了千万次的女儿！

你的不够格的母亲：安娜

小欢在此后的第三天里见到了安娜的这封绝笔信。当晚，她即如坠云雾般地高烧不止。

第二天一早，江枫抱着高烧不退的小欢朝着门外像一颗飞奔的子弹一样冲出去。也就是在这时，一辆囚车停在了门口，五名伤痕累累的囚犯被一根粗重的铁链拴着，在士兵的押解下，拖着疲惫的步伐，一脚一脚踩入刚刚被推开的55号特别行动处的大门。门外的阳光挤进时，江枫顿时成了一座站在岁月深处的雕塑。

那一刻，躺在江枫怀里的小欢也有如神助般地睁开一双昏睡的眼。她甚至在江枫的耳根处顽强地叫了一声妈妈，虽然，声音即刻被铁链在地上拖动时发出的金属声淹没。

戴着铁镣的安娜像是被一阵记忆中的气息所牵引，朝着身边蓦然转头时，就在与江枫和小欢的眼神相互触碰的一瞬间，彼此许久未见的三双目光即刻绽放出犹如烟花升空般的灿烂，又瞬即幻灭成火花掉头垂下时的落寞。安娜似乎是停了一下，耳畔又清晰回荡起那几个清晨依稀可辨的口琴声。但她并没有朝着江枫和他怀里的小欢多望一眼,只是带着一脸的笑容继续往前。

一直等到安娜的身影消失在通往牢房的那个楼道前,小欢才艰难地张嘴说道,爸爸,我不想去医院,我要回房里。

这天上午,在向门房打听了犯人的消息后,江枫提着菜篮离开了55号的大门。缓步走出一段距离后,他便像一阵风一般奔跑起来。一路上,他只记得门房说过的一句话:要是今晚还不招供,明天只有两种可能,要么送去南京,要么送去西郊的采石场。

采石场?江枫双眼迷惑着问。

门房突然将支成手枪状的食指顶住江枫的脑门,毫不含糊地说,刘大厨,采石场就是就地枪决。啪,啪啪……

通往叶老师孤儿院的路从来没有如此遥远而漫长,而深秋的这场灌满长衫的冷风里,却像是有着安娜的体温和发香。她依旧是那样美丽而且坚强，柔美的磁场仿佛能给人以力量，虽然他那时站在安娜的身后，分明见到了在她发丛间的一根残留的稻草。但哪怕仅仅是这样的一幕，也会令自己永生难忘。

放心吧，我们不会让小欢失望的。叶老师后来对江枫说。

这天下午，葛振东和刘兰芝来到了江枫的房里。

为什么不送医院啊？面对昏睡不醒的小欢，刘兰芝在那间狭窄的屋里急得团团转。

嫂子，你先别急，葛振东说，我们的医生已经给她打过退烧针了。还有，我让五月去买冰块了，她这就过来。

汪五月到来后，始终没有望过江枫一眼。虽然，和刘兰芝相比，她脸上埋藏的愁苦并不见得轻微些许，但汉口路上的那场枪战，疑问至今留在她的心里。

当着汪五月的面,葛振东给江枫留下了几张照片。那是中秋节当晚,他叫来照相师陈开来到自己家里拍的,有小欢的独照,也有毕忠良刘兰芝搂着小欢的合照。这一张,是我和五月同小欢的合照,你留着,葛振东说,做个纪念。

另外,我可能明天要和毕先生去一趟南京,小欢要是有必要送去医院,你找总务科派车就行,我已经跟他们打过招呼。

怎么又要去南京?刘兰芝问。

是押解一批犯人,毕先生一定要亲自带过去。葛振东说,不过事情要等过了今晚才能最后确定。

这天夜里,乌云在叶老师的孤儿院门外蹦跳吼叫时,是小陈老师为它开的门。

两个多钟头后,乌云才回到江枫的房里。

小欢的病情在第二天早上有了缓解,这天清晨,江枫牵着她的小手在院子里缓缓地散步。好点了，江枫对路过身边的人员说，带她出来走走，醒醒脑子。

几处牢房的铁门打开时，原本灰蒙蒙的空中正好飘起了一场蚕丝般的细雨。

那天，安娜还是走在犯人队伍中的第一个，虽然前一晚又经过了一场审讯，但她像是有过一场充足的睡眠。抬腿走进久违的天空下时，她停下脚步微闭双眼，深情地呼吸了一口潮湿又清新的空气。飘洒的雨雾就是在那时沾上了她仔细梳理过的发丝。再次睁开双眼时，她便朝着远处的江枫和小欢露出了春日里青草地般的笑容。

小欢几乎就要挣脱江枫的双手，迎着扑面的细雨顽强地站稳脚跟。安娜起初是向她梦幻般地走来，但也仅仅是踩过了几步路而已，身后的士兵便用枪托顶着她的身子朝着囚车走去。安娜侧过身子，眼波中依旧是流转的期许和笑容，而她抓在手间的铁链，则更像是她曾经优雅拿住的一个坤包。

登上囚车车厢的安娜最后一次回头，侵入眼底的细雨终于让她的目光有了一些湿润,但也更加清澈。那时,头顶厚实的云层中像是走过了一阵低沉含混的滚雷声。在江枫后来的记忆中,这一天的55号特别行动处院子里,属于安娜的那个声音仿佛是跟着空中的细雨一起飘洒:

我最最亲爱的女儿,唯愿你能坚强,在民族痛楚的记忆中成长。用你美丽的双眼,代替妈妈翘首企盼黎明到来前的曙光。撑起你仅剩的一片手掌,迎接头顶胜利到来时的暖阳。

囚车哐当一声拉上铁栓时,江枫便牵着小欢,朝着廊道里急走过来的毕忠良迎了上去。江枫努力地让自己镇定后说,姐夫,昨天听振东兄弟说你们是要一起去南京。

毕忠良凝眼注视着江枫,俄顷,说,是的。又将手背靠近小欢的额头探了探说,比昨天是要好一些了。

我觉得你还是别去了。江枫躲闪着毕忠良的视线说。

你忘了不久前汉口路上的那场刺杀了吗？他们都说是针对你的。我想想都觉得怕，还是别让嫂子担心了。江枫一字一字清楚地说。

毕忠良笑了一下，抬起头望了望天空，什么话也没说。

那天的后来，中共上海地下组织的其中一批人员是在通往西郊采石场的路口堵住了55号特别行动处的押解车队。枪声响起时，葛振东正要冲出车门，毕忠良伸出左手用力将他按住，看着窗外说，让他们先应付着吧。共产党是始终不愿开口的硬货色，哪怕是再多抓几个，最终也还是跟前面车厢里的一样，几分钟后多收几具尸体，至多给我们增加几个领赏的人头费而已。

但咱们活着，比什么都重要。毕忠良一字一顿地说，有时候人和人比，就比谁的命长久。

劫囚人员的火力和勇猛超出毕忠良的想象，到最后，55号负责押解的特工小队的枪声几乎被盖住。五名被押解人员全部被救下，他们在营救人员的搀扶下，朝着前方踉跄地逃离。毕忠良也就是在这时走出车厢，子弹上膛后，朝着他们的背影冷静地开了两枪。

回去的路上，毕忠良像是对着葛振东自言自语道，你说这菜花也奇怪，他好像能猜到今天这结局。

我想他也是为您的安全担心吧，葛振东转头说，您是他姐夫。

但愿如此。毕忠良缓慢地说。

事实上，这场营救行动，叶老师在向上级汇报后，上级希望江枫能阻止毕忠良参与押解。此举的目的首先在于保护江枫的身份，利于他消除可能受到的嫌疑，在55号特别行动处继续潜伏下去。这样的同志，虽然是在替军统办事，但我们一定要争取过来。上级说，再则，押解队伍中如果没有毕忠良和葛振东,将会增加我们行动成功的可能性。

当晚,叶老师就以当初和江枫约定好的形式,将这个决定写成文字,塞进了乌云的耳朵里。

但营救行动最终却留下了一个令人无比伤痛的遗憾。现场撤离的队伍中,安娜让自己走在最后一个,毕忠良的枪声在背后空中响起的一刹那,安娜猛地上前,挡住了身边的叶飘萍老师,两颗子弹最终都落在了安娜的身上。

谢谢你,叶老师。安娜趴在叶飘萍的耳边,说完了最后一句话,始终面带微笑。

这一天,江枫没敢走出特别行动处半步。一直等到押送安娜的车队驶回,士兵们垂头丧气地下车,又抬下伤员和几具尸体后,他才在乌云的耳边低语了几句。乌云随即摇晃着尾巴朝着院外走去。

下午下班后,毕忠良的车子已经离开,乌云却还没有回来。

当值的门房在夜里敲开了江枫的房门,说,你们家的乌云一直趴在门外不肯进来。江枫跟着门房走向大门口,他远远地看到路灯下乌云用一双忧伤的眼望着他,嘴里哼哼有声地往后退缩。

这回,乌云耳朵里的字条只是简单的一句话:对不起,请照顾好小欢。陈。

令江枫所料不及的是,仅仅是几天之后,叶飘萍也被捕了。

那天夜里,江枫像往常一样端着一碗次坞打面走进55号的审讯室里。还未来得及细看,躺在地上蓬头垢面的叶老师就当场喷出了一口鲜血。

毕忠良,我恨不得在你的面条里下毒。叶老师满嘴血沫,声音平静地说,你还不如一条狗。

毕忠良转头对着江枫,煞有介事地问,是吗?你会给我下毒吗?

还未等江枫回话,毕忠良就一把夺过他手上的面条,将整碗滚烫的面汤朝着叶飘萍的脸上泼将过去。阿四,上去咬她。毕忠良失心疯般地叫喊道。看上去他的动作十分夸张,所以他的脸也几乎变形了。

名叫阿四的狼狗在这个深夜里挣脱了铁链,在面汤升腾起的一阵热气中直接咬向叶飘萍的喉管。鲜血像一股热烈的喷泉般涌出。

江枫记得,那天叶老师的脸上沾满了青菜和面条,她努力说出的最后一句话是:我坚信,胜利不会姗姗来迟。

十来天后,当江枫在一个路口与小陈老师不期而遇时,小陈老师笑容凄楚地说,我叫陈姗,姗姗来迟的姗,接下去的工作,由我代替叶飘萍同志。组织在,我们的孤儿院就在。

江枫双眼冰凉地说,你这么瘦弱,一直用脚尖走路,看着像是一只秋天的白鹭。江枫原本还想继续说,我怕一阵风过来就会将你吹走,同我一样,踩不到脚下属于自己的路,但想了想,还是给咽下了。

陈姗的笑容开始有了一丝婉约,说,其实你只说对了一半,那不是白鹭,是天鹅。

我以前是学芭蕾的,在遥远的冰天雪地的苏联。陈姗又说。

但我现在想学开枪射击,就在上海。江枫说,我已经厌倦了弹弓。

时间很快进入了12月,这天,葛振东来到了灶披间里,说,有没有兴趣同我们一起回一趟杭州?

听着葛振东嘴里说起的"杭州"两个字,江枫突然觉得那是离自己那么遥远的一个城市。

毕先生也一起去,他说我和五月的婚纱照应该在西湖边拍才有意义。他想得可真周到。葛振东说。

我只是在杭州住过几年,对那个城市没有多少特别的记忆。江枫淡淡地说。

毕先生还想先去苏州的寒山寺一趟,他要亲身感受一下那里的夜半钟声到客船。

姐夫这样到处跑,他还是不顾自己的安全吗?

他就是为了以后的安全,才要去寒山寺烧香拜佛。然后,还要去杭州的灵隐寺住一晚。

那么,你觉得我们从苏州坐船去杭州合适吗?我记得船是一直能开进杭州城的。葛振东说,毕先生可能是这么想的,他刚才要我找运河图。

船能够一直开到拱宸桥,就在当初杭州百姓迎接康熙乾隆船队到来的地方。我知道以前有夜航船,那是要在船上漂泊过夜的。

停顿了片刻,江枫又说,那么,你们准备什么时候出发?

你就和小欢好好准备一下,等我这边的通知吧。终于可以回一趟杭州了,葛振东说,只是五月却还没想好怎么面见我的父亲。

江枫掏出袋里的怀表,仔细看了一眼那一天的日期。

如果不是因为葛振东第二天早上给特工总部的苏州站打了个电话,要求提前准备届时的接待及安保事宜,江枫应该就能出现在几天后的苏州城随行人员中。

毕处长大驾光临，我黄某荣幸至极。接电话的正是苏州站的站长黄毅斋。

客套过后，黄站长在电话那头突然想起一件事，说，既然如此，能否劳驾葛队长一回？顺便帮我们去租界工部局要一份人员档案一起带过来苏州，有您出面，手续上定当更为方便。

此事本应该我自己跑一趟上海的，黄站长说，可是您也知道，自打"清乡运动"开展以来，上头要求三分军事七分政治，我黄某如今是忙得像奔走在油菜花丛中的一只工蜂。

事情还得从去年12月的一天说起。那天，江苏省政府主席高冠吾从苏州的西海岛寓所前往东北街省政府上班时，在北寺塔附近遭遇刺杀。埋设在路边下水道中的炸弹被引爆，所幸炸弹威力不大，高冠吾没有受到伤害。苏州特工站事后查明，暗杀行动系由名为"苏常太抗日自卫团"的游散武装所为。此后，三个执行暗杀的小头目被抓捕，并枪毙于阊门外的望树墩刑场。但自卫团司令杨忠却一直行踪诡异防范极严，始终难以归案解决。特工站最近又得到消息，杨忠在上海有一个结拜铁杆兄弟名叫方三毛，他们于是就想在方三毛的身上花点精力，伺机诱捕杨忠。

黄毅斋此次想要获取的就是工部局可以提供的方三毛的资料档案。

还是工部局警务处的那间办公室，在等待朋友——著名的租界神探华良去档案室调取材料的时间里，静候的葛振东随手拿起桌上的一本无主尸体案件登记簿。在其中的一页里，葛振东被一行记录文字所惊呆：刘菜花，男，浙江人氏，年龄三十又一，中弹溺毙于苏州河，凶手未获。身上携带浙江省第八师范附属小学（校址浙西衢县）高小毕业证及杭州地区不久前签发的临时通行证各一份。

肯定不会有错。华良后来盯着痴呆状的葛振东说，那天碰巧我值班，苏州河上一共打捞起三具尸体。另外两具是打扮入时的女尸，估计是被强暴后抛尸的妓女。你说的这个刘菜花,尸体拖上来以后,身上的毕业证就湿答答地掉在了地上,我们原本以为不是当事人的,因为一看名字应该是女的嘛。再翻出通行证看,上头的性别分明写着男性。而且,后来又在他挂在身上的玉佩里发现了刘菜花三个字。

你还能记得是什么时候的事吗?

上头不是写着吗?华良说,差不多也就是那年你过来领毕先生亲眷家那小孩的前几天。

葛振东二话不说,急匆匆地冲了出去,根本就忘了桌上自己留下的那顶礼帽。

等一等,华良一声叫喊,方三毛的资料还要吗?

司机开着车一路响着喇叭赶回55号。

刘菜花在吗?葛振东从车上冲了下来,问门房里值班的特工。

一大早就出去买菜了。门房回答。

六大埭菜场。葛振东上车后说。

等一下！司机正欲将车启动时，葛振东又叫道。那时，他才见到蹲在门内不远处的小欢。

过去，稍微离得远点，叫她两声刘小欢。葛振东闭眼后说，去！

下车后的司机对小欢连着叫了三声刘小欢，小欢才懵懂诧异地转过头来。

此前的早晨，江枫是在乌云的耳朵里塞了一张字条，拍拍它的脖子说，回去同福里一趟。

一个钟头后，他提上菜篮直奔六大埭菜场。

苏东疾和陶大春以及飓风行动队的两名新成员赶到菜场时，江枫已经买好了一条草鱼、两斤牛肉和另外一些蔬菜。见到江枫的那一刻，陶大春向旁边的一条弄堂扭头斜了斜眼。

葛振东的车子到达菜场时，江枫正好尾随着苏东疾和陶大春进入弄堂。停车，葛振东看着江枫的背影，对着司机叫道，倒回去。

车子停在弄堂口时，葛振东在看清江枫的背影后一个箭步下车。

刘菜花，站住！那时，葛振东的枪已经举起。

是背后赶来的陶大春的两个同伴先开的枪，葛振东还未及躲闪，左臂已经先中一弹。葛振东转身回了两枪后，弄堂内陶大春的子弹又朝着他飞来。葛振东的腹部又中一弹，最后举枪向着江枫瞄准射击时，苏东疾从江枫的背后扑了上来。

苏东疾浑浊的眼光像是渐渐盖了一层飘扬的芦絮，子弹正中他的胸口，他是靠在江枫的怀里走向冷却的。那一阵，江枫死命地摁住他泉眼般的出血口，耳中听到的只是苏东疾那一句沉入水底般的话语：胜利的时候，要记得替我和苏曼青，去黄浦江上，放鞭炮。

那天，江枫将苏东疾交给陶大春的同伴后，便迈开步子发疯了一般奔跑出去。陶大春一直追赶到极司菲尔路上才飞身跃起将他抱住，按倒在地上。

你要去哪里？陶大春压低了声音质问道，你不许胡来。

小欢还在55号。江枫躺在地上仰天怒吼道,小欢等于是我的天。

已经来不及了,陶大春说,葛振东的司机早就开车回去报信了。我们刚才没注意到车上还有人,应该将司机一起解决。

江枫又欲挣脱时,陶大春再次将他扑倒,说,小欢不会有事的,她毕竟还是个孩子。但你现在要是出现在55号门口,面对的就是几十支枪。

必须赶紧撤,陶大春低声命令道。

两人是在这一天的夜里才躲躲藏藏地出现在石库门标着"秋风渡"三个字的门楣下。在弄堂口,全身汗湿的江枫又突然转身,陶大春惊问道,你又要去哪里?

我应该去同福里,江枫垂头说,去给苏先生守灵。

三天后,江枫还是趁着陶大春不在的时间,找到街头的一处公用电话，直接给毕忠良的办公室挂了一个电话。

是我。江枫说。

听出来了。那头冷冷地回答，说，振东兄弟小看你了。

你把小欢给放了，我自己过来投案。

完全可以。毕忠良说，这么多天，小欢什么也没说。他们把孩子带到刑讯室里，想吓唬她，被我拦住了。

我提取了所有的黄金，要去杭州买大宅子，就在灵隐寺的附近，我一直觉得那是我的福地。到时候会给小欢留一间。毕忠良说，放心，我还是把她当女儿看。

小欢要是有什么差错，我做鬼也饶不了你。

你觉得这话有意义吗？我很奇怪，他们怎么会找上你这样一个软柿子？毕忠良说完，干脆地挂断了电话。

料理完葛振东的丧事后，汪五月在这一天的深夜来到了同福里。头插白花又一身灰黑旗袍的她敲了很久的门，最后靠在院墙外撕心裂肺地叫喊，江枫，有种你给我开门，我知道你在里面。

汪五月的手上拿着一张陈年的报纸。事实上，这张江枫曾经登过寻找安娜消息的报纸，她一直保存着，只不过此前从未就着地址找上门来过。也正由于此，她在玻璃电台头一次见到江枫时，意外的并不是他和小欢在上海，而是两人竟然和毕忠良刘兰芝在一起。而当葛振东那天告诉她毕先生枪杀了一位名叫安娜的女共党后，她心头所有的疑问便全部打开了。

开门后，江枫任由汪五月的拳头雨点般地落在自己的身上。胡子拉碴的他，双眼里盖满了水雾，仿佛置身一场持续冗长的梅雨中。

一直到再也无力举手，那时已经披头散发的汪五月才瘫软地倒在地板上，哭成一个泪人，声音凄苦地说道，我成了一个寡妇，现在你满意了吧？

我也没几天活着了，江枫说，我明天就去55号特别行动处,让毕忠良放了小欢。

你还真以为毕忠良会放了小欢?他只是把小欢当成拿在手上的一个筹码,有小欢在,今后谁也不会对他轻易动手。

你都没有想过,如果你不在,哪里还是小欢的家?汪五月止住哭声后说出的这句话,几乎与在她到来之前离去不久的陈姗的话语如出一辙。

陈姗还说,会有各种各样的牺牲,但我们终将在眼前看似漆黑的无计可施中摸索到方向,并在悲痛中积聚力量。这是安娜姐一再告诉我们的。

再过四天,毕忠良和刘兰芝的车队会过来接我,送我回杭州。他会将小欢一起带上。你们要是想动手,就去杭州吧。

杀了他,救下小欢。

汪五月走到门边的时候,突然停下了,转过头来,用一种决绝的目光盯了江枫很久。最后她说,最好连我也杀了!

丙：杭州

陶大春的飓风行动队一直等到那一天的傍晚，才在杭州城的武林门外见到了三辆疾驶过来的黑色小车。那时候的路灯刚刚开始亮起，淡黄的光线十分单薄地抛洒在路面上，和金色的夕阳纠缠在一起。天还没有完全黑下来。汪五月和小欢是坐在最后一辆车上，那时，她的胸前抱着葛振东的黑框遗像，双眼肃穆。回想着葛振东当天神情愉悦地说起要带她去西湖边拍婚纱照时，汪五月顿时觉得这个有着美好夕阳的傍晚却像是地狱一般的阴凉。

小欢突然在车窗下抬起头来，欲要叫出声时，汪五月赶紧掩住了她的嘴巴。转眼望向窗外时，乌云的身影已经迅速离去。

仅仅是两分钟后，咬着炸药的乌云就再次奔跑在她们眼里，像一道黑色的闪电。随后，前方第一辆车的车头处便响起了震耳欲聋的爆炸声。

成排的枪声随即像一场暴雪般铺天盖地倾泻而来。

刘兰芝在车厢里紧闭双眼，反复地默念《圣经》。枪声停息后，她犹疑着打开车门，在一个枪手的护卫下跌跌撞撞地离去。飓风行动队的一名队员正要举枪射击时，陶大春上前将他的枪口按住，说，让她走吧，江枫之前交代过的。

事实上，毕忠良并没有在这个车队里。汪五月后来对陶大春说，从上海出发时，他就没有在车上。

江枫呢？汪五月和小欢几乎异口同声地问起。

那天一到杭州，他就突然消失了。陶大春说。

几乎是在同一时间里，载着毕忠良的机动船突突冒着黑烟向着杭州城的方向靠近。这一次,毕忠良虽然一共带了六七个保镖,但自从离开苏州后,他还是多次不由自主地在视线里寻找葛振东。之后,没有了葛振东,他就忽然觉得身边的船舱是空荡荡的一片。

毕处长,前面不远就是拱宸桥了。手下上前禀报道。

终于到杭州了。毕忠良向后捋了一把油光光的黑发,摘下镜片吹了一口气后,在两个保镖的护卫下缓缓走出舱房。那时,杭州的夜色已经纷纷扬扬地落下。

毕忠良此次的苏杭之行虽然是以视察分站工作为名,但哪怕是之前的葛振东也未必真正清楚,毕先生其实还有更为隐秘的目的。自打汪政府当局貌似凶猛地制止股票黑市交易以来,他便将手上所有的股票换成了黄金。一个月前的11月20日,黄金价位突破了两万五千元大关,那时,毕忠良有点坐不住了。但财政部的几个官员和工商界投机商却镇定自若地说，慌什么？事实也正如他们所预判，没过几天，金价几乎每天都要跳起一千元。一直到过了三万两千元的关口，他才全部抛出。接下去怎么办？看着户头里疯涨的数字，毕忠良再次向官员和工商闻人们请教。买房呀，他们几乎众口一词地说。但令毕忠良犹疑的是，虽然沪上的房地产公司如雨后春笋般出现，但租界里的许多洋房像被主人遗忘了一样，一直空置。你要是对上海推高的房价不放心，可以去其他城市买。一众师爷们说，房价是永远不会跌的，因为房子要住人。中国永远都不会缺人，只会缺房。

毕忠良的确照办了。三天前，就在他买下苏州一处房产的时候，上海的黄金市场就传来消息：自到达三万五千元的大关后，金价便掉头一路狂跌。

走得正是时候，毕忠良望着头顶的一弯新月想，他突然觉得，人生其实也有点儿像过山车，一会儿上，一会儿下。

一艘小木船在运河的波澜上微微摇摆，船头一个戴着斗笠的农夫正在月色下煮茶。两船靠近时，一阵慷慨激昂的说书声穿过机船的马达声传来：岳家父子兵，飞骑战沙场。共抗金兵何所惧，精忠报国真忠良。

闻声后，站在船沿处的毕忠良不禁在刚刚升腾起的愉悦中打了一个寒战，还未及醒悟，对面的农夫便已转身抬手，南部十四笔直的枪口正对着他惊慌的额头。

毕先生，久等了。

两颗子弹携带着夜风穿透了月色。

我这是指哪儿打哪儿。扔掉斗笠后，江枫面如止水地说，我来为安娜报仇，为更多的人报仇。他水汽氤氲的眼光中像是有着另外两颗精致的子弹。

枪声顿时响成一片，子弹在江枫的四周密集地冲撞。毕忠良眉心的两个窟窿中爬出两行蚯蚓状的血液时，江枫一个腾跳跃入水中。也就是在那时，他突然觉得像是背后被人推了一把，身体像一块石板，重重地跌落在运河宽广的水面上。然后，他渐渐下沉,像是跌入一场初秋的梦境中。

漂移在水底的江枫,依旧能听到沉闷的枪声。昏昏下沉中,他是被一阵熟悉的泥腥味所激醒,睁开双眼,又奋力地朝着岸边游去。那时,他似乎在水中见到了影影绰绰的汪五月。汪五月仍然站在那一年的拱宸桥头,眼神落寞地问,你真的在乎我吗?

江枫正要回答时,那艘机船赶上了他,迎面一个浑浊的浪头,将正要靠岸的他彻底掩埋。

没过多久,河面上的一摊血水就漫延开来。清冷的月色下,拱宸桥下像是开出了一树梅花,久久回荡,不愿离去。

那时的武林门附近方向,飓风行动队奔走的脚步中,似乎有一阵口琴声响起。

1943年的夏季,住在富义仓隔壁江枫宅子里的汪五月和小欢,在同一天里迎来了两个客人。先是汪五月从美国回来的舅舅,再是上海过来的一身素雅夏装的陈姗。

那一晚,汪五月还是让小欢给自己打下手,两人异常热闹地准备了一盘爆炒螺蛳和一碗红烧家常鱼。陈姗如水的目光始终在灶披间里跟随着她们忙碌的身影,而她脸上那份随意自然的安静也令汪五月记忆深刻。

汪五月后来风趣地说,陈姗妹妹的干净明亮呀,就像是一把冲洗过的青菜。注视着陈姗清爽的短发和整齐的刘海,小欢的眼光一直落到她那双圆口平底布鞋上,说,阿姨走路的样子就像是一只白鹭。

小欢只说对了一半,陈姗笑容明媚地说,那不是白鹭,是天鹅。阿姨以前是学芭蕾的,在遥远的苏联。

三人的话语于是就多了起来。倒是蹲坐在一旁的美国舅舅似乎成了院子里唯一的客人,汪五月多次见他紧抓筷子,将碗盘中挑拣出的紫苏叶子搁在菜碟的角落里,又艰难地吸吮着捧在指尖里的螺蛳。那么一点辣椒竟然也让他满头大汗,嘴里不断地唏嘘有声。

夜里,汪五月在舅舅的眼前揉捏着指尖,最终鼓起勇气说,舅舅,又让你失望了,我还是决定不去美国了。

你这又是何苦?舅舅急切地说。

江枫曾经同我说过,其实我们不应该放弃自己的家园。我至今才明白,他虽然平常日子里话少,却比我想得更多。我要是现在离开了杭州,从今往后,或许终将一无所有。汪五月将目光撒在远处的运河水面上,任凭温和的思绪在往昔的回忆中平静流淌。

第二天,送走面露遗憾的舅舅后,汪五月和陈姗有了一次长谈。

这是组织上交给我的任务,也是叶飘萍同志被捕前亲自嘱托的。你们必须保护好烈士遗孤的安全。陈姗的声音像是从头顶的梧桐树叶上飘落。她说,送小欢去延安,这是我的使命,哪怕是再多的困难和险阻，也不能阻止。汪五月凝视着她眼神中的安详和坚定，蓦然感觉自己从未如此这般神情端庄地倾听过一个女性的话语。

小欢是我们的未来。陈姗的目光中饱含着憧憬。

去延安得多久啊？汪五月问。

快则一个月，慢则两个月。现在的路不好走。

那么，我是不是该准备好几块香皂？还有，延安有电台吗？

陈姗笑道，当然有，三年前的12月30日，我们就有了自己的新华广播电台。

丁：延安

1943年的金秋10月，天空蔚蓝，小欢靠在一辆颠簸的牛车上，她吹出的一首口琴曲在通往延安的乡间小道上四处飘荡。

牛车上坐着的还有汪五月，她的头发不再是波浪形，而是很自然的长发。她搂住小欢，希望两个人能靠得更紧。她说小欢，你愿意做我的女儿吗？

小欢笑了，她看见身后的泥路上，有两道不深不浅的车辙印。她还看见汪五月的手指上，突然多出了一个戒指，安放在银质戒托上的，分明是一枚琥珀，有着很宁静的光芒。

是江枫送你的吗？小欢抬头问汪五月。

你怎么知道？

因为我也有。说完，小欢从胸前抽出一根丝线，让汪五月看见挂在那里的一枚琥珀吊坠。

汪五月想了想，说你知道吗，他之前送我的是一只手镯，后来手镯断了，他就又重新做了一枚戒指，还有你的这条项链。他说属于我的琥珀终究还是我的，只是不晓得我喜不喜欢。

我想你肯定喜欢。因为江枫属虎，而且他说琥珀其实不是老虎的眼泪。

那应该是什么？

他说是亲人的牵挂，永远带着淡淡的香味。

天空越来越高远，道路两旁铺满了青草和野花，以及许多跳动的虫子。在牛车叽叽嘎嘎的车轮声里，延安的宝塔山看上去似乎已经触手可及。汪五月呼吸着这个秋天，感觉一切都是那么温润，自带着淡淡的芳香。而明朗的阳光，也从来没像这天那样柔和。她后来听见小欢唱起了一首儿歌，歌声就跟琥珀一样暖：

……

我带着小手去爬山,一爬爬到腰上。

我带着小手去爬山,一爬爬到肩上。

我带着小手去爬山,一爬爬到头顶。

头顶到处是阳光,小手暖洋洋!

琥珀

创作谈

我们生活在无尽的回忆中

事实上我是愿意把《琥珀》当成一场回忆的，尽管它只是一个小说。

小说开场的时候，穿长衫的年轻人江枫，生活在1940年代杭州运河的拱宸桥畔，他的爱好是乐此不疲地在运河里摸螺蛳。他独自生活，有懒散的日子，把祖传的房子租给说书人苏东疾，免费听他说书。还租房子给安娜和小欢母女俩住，但没想到安娜是一名中共的地下工作人员。他还交了一个教书的女朋友，他们经常会站在拱宸桥上吹风。运河尽收他的眼底，绵长而辽远，他的日子同运河的水一样显得平静。

运河就这样穿城而过。在水波潋滟的杭州城，我真愿意如同江枫一样生活。

《琥珀》可以说是和《麻雀》有关联的，是一个刺杀汪伪76号特别行动处处长毕忠良的故事。小说家赵晖之前构架了一个短小说，叫作《大手牵小手》，他让一对假父女身陷谍战。我们把故事重建、改良、扩充，增加了副线人物，以及其中的谍战桥段。赵晖是个情感和文字都细腻的人，几年前的一天，我们在星都宾馆见面，聊一些关于小说的话题。自此，《棋手》出现了。当然，这是另一场回忆。我相信人和人碰见，交集，都是有一种气息促使下的聚合。

如果我继续回忆的话，2010年我在杭州的《今日早报》上看到了一个整版的《杭州谍战地图》，那是我来到杭州的第五个年头。我已经不年轻了，那时候刚刚开始接触剧本，偶尔零星写着一些不痛不痒的小说。我没有像江枫那样阔绰，有可以租出去的房子。但是我同他一样，喜欢站在运河边上听四面八方的风声。我是这样想的，杭州并不是谍战最好的发生地,但是这句话照样是成立的,比方讲小车桥、新华纸厂、古荡、河坊街……在这些亲切的地名,也是可以让特工们接头的。

所以在《琥珀》中,我们虚构了灵隐寺大雪天的一场刺杀,在雪地中的开火,也算是江南的一场传奇。当然,小说的结尾,武林门也有一场对毕忠良的刺杀。当初,杭州的伪市长何瓒也是被刺杀的。

有位苏州的朋友,他叫长岛,说有一位先生想要提供谍战的素材给我。还有一位上海的朋友,想要提供一些红色特工的素材给我。在宁波的一个敬老院,我采访过一位中统女特工。她已经九十岁左右了,给她拍照的时候,她要脱下外套,露出漂亮的衣衫,并整理她花白的头发。这种仪式感,让我感受到了美。好多年过去了,我想她可能不在人世了。她说她哥哥待她最好,快解放的时候,哥哥不让她去台湾,让她尽快回来。她一再地提到哥哥,那么我想这个哥哥一定是深爱着妹妹的,他已经成为妹妹生命中最重要的一个人，比丈夫亲，比子女亲。还有在江山，我采访过军统最后的女特工王彩莲，她在一张纸上，工整地写下了一句话：往事近在眼前。我们都生活在无尽的回忆中，那么她深深陷入的，也许是她身穿阴丹士林旗袍，在重庆的军统局本部生活与工作的那段回忆。

如果让我们一起替江枫回忆一下在《琥珀》中的往事，那么我们直接回忆它的结尾。

江枫在运河上行驶的一条船中，刺杀了毕忠良。枪声过后，他像一条鱼一样潜入水中。已经中弹了的他，身上的血水汩汩流进了运河的水中。这位热爱着摸螺蛳的年轻人，最后是葬身水底的。一起葬身水底的，还有他1940年代的爱情。有谁会记得呢，故事里的爱情要么陈旧，要么泛滥，千篇一律，运河应该见证过……

江枫是个沉默的人。事实上他的内心，深爱世界上所有的美好，这其中包括说书人苏东疾嘴里的故事，包括一条叫乌云的狗，包括他喜欢着的古灵精怪的小女孩小欢，包括那位叫葛振东的兄弟。当然，也包括一条叫运的河，包括一座叫拱宸的桥，包括桥上一个叫五月的姑娘，以及他内心中那个叫安娜的女人。安娜最后牺牲了，把一个女儿留给了房东江枫。这真是一个充满爱和哀愁的故事，这真是一件文艺的长衫，这真是一张令人回忆的泛黄的照片。

我是2005年5月1号劳动节来到杭州讨生活的，转眼过去了14个年头了。我想我需要去拱宸桥上，问候一下江枫和汪五月倚过的栏杆，回忆一下我的14年。

月落乌啼霜满天，江枫渔火对愁眠。这个小说的题记，是两句千古流传的诗，也真的是一场回忆中的一个最美的镜头。最后请让我回忆一下，安娜走向刑场的时候内心独白：我亲爱的小欢，原谅妈妈此刻的决定，你长大后就会明白，我们的国家已经到了生死存亡的时刻,妈妈只能奋不顾身,给你争一个安宁的明天。

翻开《琥珀》,我就会觉得,至少像我这样的人,时常生活在了无尽的回忆中。

海飞
2019年5月4日于杭州